意林

公元787年，唐封疆大吏马总集诸子精华，编著成《意林》一书6卷，流传至今

意林：始于公元787年，距今1200余年

女生文学

小淑女 Mini Miss 出品

纯正+阳光+向上

为中国女生量身打造优质课外读物

我们是小淑女

优雅，聪慧，阳光，快乐，甜蜜，
勤奋，包容，恬静，浪漫，唯美，璀璨。
善解人意，才华横溢，从容淡定，
独立有主见，时常感恩，心怀美好。
爱学习，爱阅读，爱幻想，睿智有深度，独具品位。

意林励志·小淑女 Mini Miss 荣誉出品

小 MM 品牌书系 · 淑女文学馆 · 公主天下系列 021

荡气回肠的古风浪漫小说，独属于公主们的传奇故事

淑女文学馆
公主天下系列021
Mini Miss 小淑女出品

蓬莱公主

·凤华令 三

张北斗 ◎著

北方妇女儿童出版社
·长春·

小淑女 Mini Miss出品

图书在版编目（CIP）数据

蓬莱公主·凤华令. 3 / 张北斗著. -- 长春：北方妇女儿童出版社，2021.1

（公主天下系列）

ISBN 978-7-5585-4887-1

Ⅰ. ①蓬… Ⅱ. ①张… Ⅲ. ①长篇小说－中国－当代 Ⅳ. ①I247.5

中国版本图书馆CIP数据核字(2020)第235867号

蓬莱公主·凤华令（三）

Penglai Gongzhu · Fenghualing（San）

出版人	刘　刚
出版统筹	师晓晖
策　划	阿　朱
执行策划	靳　丽
责任编辑	吴　强　王　婷　吴宛泽
图书统筹	绿　茶
特约编辑	靳　丽
绘　图	叮咛叮咛　刘虫虫
书籍装帧	胡静梅
美术编辑	刘　静
作家经纪部	卢晓凤
开　本	700mm×1000mm　1/16
字　数	300千字
印　张	13
版　次	2020年12月第1版
印　次	2020年12月第1次印刷
印　刷	嘉业印刷（天津）有限公司
出　版	北方妇女儿童出版社
发　行	北方妇女儿童出版社
地　址	长春市龙腾国际出版大厦
电　话	总编办：0431-81629600　发行科：0431-81629633
定　价	28.00元

如发现印装质量问题，请与印务部联系退换，电话：010-51908584

为中国女生量身打造优质课外读物

文◎《意林·小淑女》书系总策划　阿 朱

2010年1月，意林集团专门为女孩量身定做的读物《意林·小淑女》诞生了。创办之初，《意林·小淑女》旗帜鲜明地打出口号——“女孩都是小淑女，小MM陪你优雅过花季”。“淑女”取意为“内心美好、品质优秀的女孩”，明确为中国8~18岁的优质女孩服务，以“帮助女孩在快乐阅读中提高文学修养和综合素质”为宗旨，坚持“纯正、阳光、向上”的风格导向，内容着眼于“青春、梦想、成长、励志”，以期打造全新的、真正适合女孩阅读的健康课外读物。

凭借这样的精准定位和独特理念，《意林·小淑女》上市后，很快赢得女孩们的喜爱，在校园中引起巨大反响，女孩们表示：“终于有女生的专门读物了！超级好看！”家长和老师也纷纷给出“孩子看后成长了很多”“孩子的作文水平明显提高了”之类的积极反馈。2011年6月，在读者的热烈要求下，《意林·小淑女》在坚持宗旨、质量不变的前提下，出版频率加快，由原来的每月一期增加为每月两期；同年10月，《意林·小淑女》月发行量突破50万册，潜在读者超过80万人，其作为优质女孩喜爱的健康课外读物的地位逐渐形成，而迅猛增长的销售业绩也引来业界极大关注，开始得到一些同行的模仿和追随，市面上类似风格的女孩读物相继出现（当然，最后能经得住市场检验的很少）。

2010年7月，《意林·小淑女》开始涉足图书出版领域，编辑部陆续推出《蔷薇少女馆（全套）》《迷藏（全套）》《悠莉宠物店（全套）》《七寻记（Ⅰ~Ⅶ）》《钢琴小淑女（第一季~第六季）》《星愿大陆（全套）》《现在是女生时代（①~⑦）》及“浪漫星语”十二星座小说系列等数十种图书，这些书在全国中小学校园中广为流传，无数小读者为之痴迷、陶醉，“《意林·小淑女》出品的图书本本畅销”这一观点也成为众多书店、经销商的共识。“《意林·小淑女》现象”逐渐成为一种社会现象，为各方所津津乐道。

2012年，创办满两周年的《意林·小淑女》步入加速发展轨道，编辑部创造性地提出“女生文学”概念，并将之上升到与儿童文学、青春文学并列的重要文学形态，《意林·小淑女》专注于为成长中的女孩服务的想法也更加清晰，编辑部计划在未来几年内，以每年出版几十种新书的速度，采用短篇文集、长篇小说、原创漫画、故事绘本等多种类型齐头并进的形式，为女孩们提供一批有规模、有质量、有品位的精品读物，打造中国女生喜爱的文学品牌。

在2012年7月之后出版（或修订）的所有《意林·小淑女》“淑女文学馆”系列新书中，我们都会特别放置这篇名为《为中国女生量身打造优质课外读物》的文章，来阐述我们对于建设中国女生文学以及推动女生健康阅读的崭新理念与思考。

★女生一定要选择适合自己的女生文学读物

首先，什么是女生文学？

《意林·小淑女》所定义的女生文学是指专门为女孩（特指8~18岁女孩）创作并适合女孩阅读的、符合女孩心理特点和审美要求、有利于女孩身心健康发展的各种文学作品。简单来说，就是所有适合女孩阅读的健康课外读物。

目前，国内未成年人的文学阅读笼统地分为儿童文学、青春文学等大类，市场上很难找到专门针对女孩创作的有规模、系统化的读物。事实上，女孩和男孩的大脑结构不同，思维方式、理解能力、审美要求不同，在阅读上也要区分性别，选择不同的读物。

《意林·小淑女》系列读物立足于女孩性别特点，专门为女孩量身打造，是专属于女孩们自己的读物，合乎年纪，合乎趣味，外观时尚、唯美、优雅，内容纯正、阳光、向上，是真正适合女孩阅读的健康课外读物，带给女孩全新的阅读体验。

★女生通过阅读女生文学读物提升写作能力，获取成长养分

8~18岁正是快速吸收养分、奠定阅读基础的黄金年龄，对于女孩一生的成长至关重要。《意林·小淑女》提倡女生文学要打破市场常规，“从低幼儿童文学及少女言情中解放出来”，以深浅适度、风格纯正、健康向上、可读性与文学性兼具的内容，帮助女孩在快乐阅读中提高阅读理解能力、作文写作能力，汲取成长经验、成长智慧，全面提升素质。

在故事类型上，《意林·小淑女》系列读物既有贴近女孩生活和心灵的校园故事、成长故事、亲情友情故事等，又有极富想象力的冒险故事、幻想故事等，每篇文章的选取都将标准锁定为“题材新颖、内容阳光、主题积极向上、文风优雅纯正”，并坚持拒绝浅薄幼稚、庸俗无聊、花哨言情等无内涵的文章。女孩们在健康文学的长期熏陶下，语感增强了，素材丰富了，思维开阔了，自然能做到心中有故事、下笔有话说，不再为作文犯愁；同时，这些文章里蕴含的温暖励志内核，诸如阳光、善良、真诚、包容、坚强、勇敢、善解人意、独立有主见等精神，都能激发女孩正面心态的能量，帮助她们成长为内心强大的女孩，为将来的人生打底。

★女生文学读物要品质化、品牌化、系统化

《意林·小淑女》创办的时间不长，但读者的忠诚度、信赖度和美誉度在国内首屈一指，已经形成明显的品牌优势。它集“好看”“清新”“唯美”“阳光”“优雅”“品位”等各种美好感觉于一身，始终以女孩的阅读感受为根本，全心全意为女孩服务，专心致志打造一流读物、精品读物。

读者的认可和喜爱，得益于《意林·小淑女》对文稿质量近乎苛刻的严格把关。为《意林·小淑女》供稿的作者，既有实力派中青年儿童文学作家，又有青春新锐派文学作者，编辑部每月收到近千封来稿，经过反复筛选、修改，优中选优，最终确定30篇左右刊出；对于长篇图书出版，编辑部始终坚持“用心、专业、永续经营”的理念，不追求过度商业化、批量化生产，每一本书稿都精雕细琢、反复打磨，已出版的每一本图书几乎都成为业内畅销书经典，而《意林·小淑女》所倡导的女生文学概念及标准也成为业内标杆，引来众多同行追随。

除此之外，编辑部与一大批有潜力的青年作者建立了长期的独家合作关系，这些作者通过《意林·小淑女》、网络、电话、读者见面会等各种渠道，常年坚持在第一线与读者互动，倾听读者心声，保持创作活力源源不断。目前《意林·小淑女》独家签约作者的队伍仍在不断壮大，我们希望用几年甚至十几年的时间，形成有较大社会影响力的专业化女生文学创作基地。

为避免女孩因为阅读口味单一而造成阅读面、知识面过于狭窄，《意林·小淑女》除了做好文学类图书外，也努力开发适合女孩阅读的其他类别读物，比如励志、科普、时尚、生活类选题，同时力求经营品种以及传播途径上的多样化，依托原创精品内容，开发数字化传播、动漫、影视、游戏、周边产品、女生网络社区等，做好精品故事的深度经营，构筑全产业链发展模式。在销售渠道上，除传统的零售、邮局、校网等，我们逐渐在各地设立女生文学专柜和品牌专卖店，力争让读者随手可取，购买方便。

★为女孩营造愉快的阅读体验

《意林·小淑女》系列读物无论在内容还是包装上都具有较高的辨识度，为了方便读者寻找，我们对2012年7月之后出版（或修订）的新书做了统一规划：

○认准独家标志

《意林·小淑女》出品的所有图书，在腰封和封底上都有“意林”“Mini Miss出品·女生文学”的独家标志（图1）；在书脊上，除了“意林”以及“Mini Miss”字体logo外，每本书还特别放置了“封面女孩”形象（图2），便于读者辨认和收藏；在前、后勒口上，每本书都有“纯正、阳光、向上，为中国女生量身打造优质课外读物”的字样（图3）。

图1

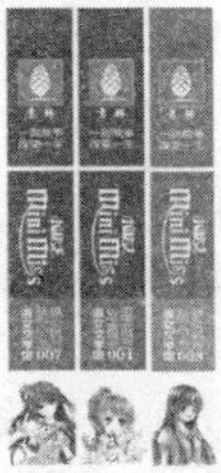

图2

图3

○识别编号

《意林·小淑女》出品的所有图书都将逐渐归于“淑女文学馆”“淑女漫绘馆”“淑女励志馆”“淑女风尚馆”“淑女生活馆”等特色馆（新馆不断添加中），每本书都有属于自己的编号，比如：

代表这本书所属类别是淑女文学类，编号为冒险励志系列004，即此系列的第四本书，在这本书之前，自然已经出版了001、002、003，后面也会有005、006、007……陆续上市；图书封底的总编号则代表了这本书在《意林·小淑女》所有出品图书中的总排序。

○女孩特色包装

每本图书都会配备一张淡雅的紫色或粉色前衬页，上面印有“意林”及“Mini Miss”字体logo；在小说类单色印刷的图书中，会加有4页铜版纸彩色插图页，第一页的“淑女宣言”（图4）代表了《意林·小淑女》所提倡的优质女孩精神，第四页则标明了本书所属的系列及编号（图5）。

图4

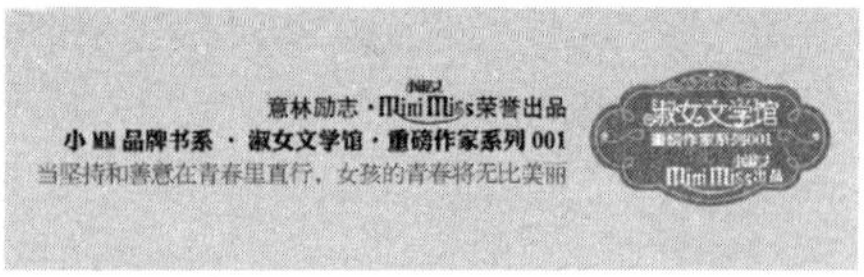

图5

我们目前所使用的字体、字号以及行距，是在经过大量调查研究和多次测试后确定的，适合成长中的女孩阅读，每一页的内容既充实，又不至于给读者造成阅读疲劳。

所有的一切都是为了给成长中的女孩提供价值导向健康、养分丰富、品质优良的课外读物，营造愉快的阅读体验，我们希望以传媒人“有爱有担当”的社会责任感和“一生只做一件事”的专注精神，不遗余力地建设女生文学，推动女生阅读向前发展，全力打造中国女生喜爱的文学品牌！

目录 contents

楔子

十多年来，疯娘如同一只安静的野兽栖居在那片竹林里，从不出来惹事，唯独到了盛夏夜，合欢花盛开的时节，她会在子夜时分频繁地唱歌。

楔子

叶府少夫人在子夜时分从睡梦中惊醒，她又听到了那个疯女人在唱歌。

歌声自叶府后花园东南角方向传来，那里长着一片茂盛深邃的竹林，竹林深处埋着一口荒废多年的枯井，许是因为地势的关系，这里晴天的时候也十分阴森可怖，年头久了，许多不同版本的鬼怪传说便从这里孕育而生。

城里的老人要吓唬不听话的孙儿，总要先从叶府的竹林和荒井里挖掘素材，杜撰出千奇百怪的鬼故事，而那个唱歌的疯女人，是这些鬼故事里永恒的主角。

她的真名不详，叶府里的人都唤她“疯娘”。

疯娘就住在竹林后面的破屋里，没人知道她是何年何月，又如何住进那间破屋的，人们第一次发现她的踪迹时，她就已经疯了。

叶扶苏十岁那年，某日午后，他从熟睡的奶娘怀里挣脱，偷偷溜进后花园里独自玩耍。他玩儿得忘了情，不知不觉闯进了东南角的竹林，惊动了一条盘踞在老树根下的白花蛇。

叶府里的人听见叶扶苏发出撕心裂肺的惨叫，闻声赶来，惊见一个鬼魅般的女人捧住他的腿拼命吸吮着伤口。

那女人蓬头垢面，衣衫褴褛，见了人也不躲。奶娘从她怀中抢过受惊吓的叶扶苏，一把将她推搡在地，她也不恼，龇牙一笑，露出满嘴黑红，不知是毒还是血的汁液。

叶大人为了报恩，便让她在那间破屋里住下，每隔几天便吩咐下人给她送去些吃食，帮她浆洗衣物，照看她不要生病。

这十多年来，疯娘如同一只安静的野兽栖居在那片竹林里，从不出来惹事，唯独到了盛夏夜，合欢花盛开的时节，她会在子夜时分频繁地唱歌。

她唱的是一首古老的童谣，讲述的是一个可怜的母亲在失去孩子后悲恸欲绝的心情。

人们猜测这首童谣就是疯娘的身世，她的孩子也在盛夏季节死去，葬在一棵合欢树下，因为她常在歌声结束后悲戚地哭喊：“小英，我的孩子，海那边太冷，你还是回家吧，合欢花开了，你回来看一看！”

关于疯娘的话题在叶府里已不再新鲜，直到叶扶苏从遥远的北方带回来一个名叫“小英”的姑娘，奉子成婚，疯娘的故事才再度被人记起。

叶府上了年纪的老人都说，少夫人的闺名和疯娘已故的女儿重名，这事多少有些不祥，他们将这份担忧呈报给叶家父子，可并未引起重视。叶扶苏尤其反感这类迷信之说，疯娘是他的救命恩人，能和疯娘死去的女儿重名，也可以说是一种吉祥的缘分啊！

小英对于疯娘的一切毫不知情，她虽然是新晋叶府少夫人，被叶扶苏百般宠爱，但到底初来乍到，许多新妇礼仪尚在学习适应中，况且叶扶苏近日升了官，被皇上提拔为礼部左侍郎，她既要保护好腹中的胎儿，又要细心周到地辅佐夫君，每天的日程都很紧凑，没有太多闲暇去回味子夜时分听见的诡异歌声。

接连忙碌了几日，她渐渐觉出了倦意，可又不愿意在下人面前示弱——有好几次，她撞见下人们在窃窃私语，一见她来马上散开了。

她疑心他们在背地里议论她的身世，她既不是大家闺秀，也没有名门望族的家世，她就是叶扶苏在路上捡来的来路不明的野丫头。

因此，她更不愿意被下人看轻，凡事都要做得周到体面，轻易不肯露出疲态。那日吃过早饭，她支走了贴身丫鬟，独自在后花园里散步，盛夏的繁花开得正艳，她穿过一大片绽放的白玉兰和石榴，正看得入神，忽然听见有人轻声唤她的名字，心中纳闷：“府里的下人从来都称呼我‘少夫人’，我的小名这里从无人知道，是谁在唤我？”

她循着声音四顾探寻，只见一片深邃幽微的竹林立在盛夏的艳阳之下，不知怎的，竟透出阴森森的寒意。

竹林里冷不防蹿出一个形容枯槁的女人，扑过来钳住她的肩膀尖叫道：

“快走，别让你的孩子生出来，不然他们会把她带走，带去遥远的海那边，到时候她就再也见不到你，见不到巷子口的合欢花了！”

小英虽然会一点儿拳脚功夫，但毕竟有孕在身，被这么一吓，完全乱了阵脚。那疯女人不住地摇晃她，摇得她险些吐出来，幸而照看花园的家丁听见响动，慌忙跑来赶走了疯娘。

小英受到惊吓，当天傍晚就发起了高烧，下人们一边去请大夫，一边急着要去通知叶扶苏，小英坚决不肯，今日叶扶苏的新同僚为他张罗了一桌酒宴，喜迎他上任，此刻，他们应该正在兴头上，她不想坏了夫君的兴致。

又强撑着熬到了晚间，小英水米未尽，高烧越发严重，下人们正慌得六神无主，蓝玉烟来了。

自从鞑靼归来，叶扶苏娶了小英，姑嫂二人就好得跟一个人似的。小英在京城只有蓝玉烟这一个能说体己话的人，对她十分依赖。

蓝玉烟也知道这个嫂子不比另一个皇嫂，她原是个孤儿，在这里举目无亲，因此对她格外细心体贴。小英的生辰快到了，叶扶苏又忙，蓝玉烟便留了心，暗地里观察着小英的喜好，为她准备了一份小礼物，准备提前给她个惊喜。

谁知今晚一来就撞见小英病重，叶大人和叶扶苏都不在家，蓝玉烟便做主吩咐下去，将城中叫得上名号的大夫都请来坐诊，又怕小英腹中的孩子有什么闪失，思来想去，还是派人去通知了叶扶苏，要他尽快回来。

送信的下人迟迟未归，直到深夜才返回，原来，城东花栖巷那儿出了命案，围观的百姓把巷口围得水泄不通，他找了大半晌也没找见叶扶苏的人影，只得返回来了。

“死的是个女娃娃，看样子不过十五六岁的年纪，身上穿着一件殷红的鹤氅，被麻绳拴着吊在两棵合欢树之间，这死法太不寻常，怕是有什么缘由……”

送信的下人原是个老人，上了年纪，也见过世面，可是方才所见仍把他吓得面色惨白，可见这样的命案非常罕见。

蓝玉烟见状留了心，吩咐下人道：“这件事千万不能叫你家少夫人知道了！大夫说她脉象虚弱，需要安心静养才行。我先去把她哄睡了再说，叶少爷那边，再派人去找找！”

进屋之前，蓝玉烟转身望了一眼高墙之外的星空，偌大的京城一片死寂，年初就开始泛滥的旱灾和瘟疫夺去了人间的笑语声，幽微的夜色中，只有花栖巷的上空浮动着隐约的火光和人声。

她立在庭院中央，忽然凉风乍起，吹得她周身泛起一阵寒意，似乎有一股诡异无形的力量正在悄然逼近，越过她的裙裾，循着青石板路上潮湿的苔藓，缓缓地朝着花栖巷的方向蔓延……

第一章 花栖巷

他们刚刚经历过生死，经历过爱恨，经历过轰轰烈烈、策马奔腾的青春年少，命中有许多值得肆意高歌的事，自然也会有让人叹息的事。

一

跳舞的是一群“鬼书生”。

七七四十九名戴着鬼面具的舞者，束发襕衫，手执纸扇，正在黄泉路上踌躇前行，许是孟婆汤发挥了效力，这些“鬼魂”忘记了人间的悲苦，舞势竟飘逸自然，伴着清脆婉转的横笛声左旋右转，颈轻摇，肩微颤，忘乎所以，不知今夕是何年。

今夜是中元节，这舞年年跳，跳了快十年，今年别出心裁，用鬼面具来应景，可面具再怎么惨白诡异，也掩盖不住舞者们曼妙的身段，那腰软如枝的媚态，绝非男儿所有。

领头的青衣舞者最先摘下鬼面具，露出一张雪白俏丽的脸，其余舞者也纷纷效仿——

原来这群“鬼书生”竟都是妙龄少女，她们个个作男子装束，执扇而舞，在这三尺见方的舞池之内，做一回潇洒少年郎。

台下赏舞的男人个个看得如痴如醉，只有主位坐着的三位公子看上去有些心不在焉。

如此精心设计的舞蹈竟然还有人不懂得欣赏？

那领舞的青衣少女立刻被激发了斗志，她不能容忍有人忽视她的魅力，辜负她的卖力演出。

她轻移莲步，翩翩靠近猎物，试图引起对方的注意。

这三位公子都称得上“美男子”，但又各有千秋。

白衣公子举止风流，玄衣公子魁梧刚毅，青衣公子沉稳清朗。这三人是礼部新上任的官员，今夜特由礼部下属机构云韶府设宴款待，底细她早就摸清楚了。

白衣公子名叫叶扶苏，是当朝内阁首府叶欢大人之子，新婚不久就被皇上提拔为礼部左侍郎，可谓双喜临门；玄衣公子名叫魏如松，父亲曾是先皇非常器重的将臣，后来犯了事儿，家道中落，勉强做了几年宫廷侍卫，后来流落至边境，因护送蓬莱公主从鞑靼平安归来，得到皇上的嘉赏，担任礼部司务一职；青衣公子名叫蓝青岑，原是大将军蓝啸卿的养子，据说他才是“礼部左侍郎”的头号候选人，只因他有扶桑国血统，又对做官不感兴趣，所以暂时担任司务一职。

几案上，檀香烟袅袅升腾，舞步转换之间，青衣少女已物色好了人选。

她移至青岑桌前，忽地把纸扇展开，小小的纸扇之内竟然暗藏玄机，数片花瓣从中掉落，不偏不倚地落在酒杯中。

青衣少女举起酒杯，柔声道：“青岑大人，请尝尝我这杯酒，这酒里有绝情花，又加了我方才从奈何桥边带回的几滴孟婆汤，可以忘情呢。”

青岑正沉浸在心事之中，忽然被人打断，错愕了一下：“我一介莽夫，本来就是个无情的人，又何谈忘情？这酒若是真有这功效，给我喝倒是糟蹋了。”

他迟迟没有接过少女手中的忘情酒。

少女瞪大眼睛，有些难以置信，这舞乃精心设计，这酒是有备而来，在别人那里还从没失手过，这家伙竟敢拒绝她？

舞池里传来轻微的嗤笑声，这下有好戏看了，幸灾乐祸的好事者们像商量好似的，一同退到舞池一角，将那青衣女子孤立在舞池中央，让她更加难堪。

可那青衣少女似乎已经司空见惯，俏丽的面庞上看不见半点儿慌乱和羞赧，她继续施展舞姿，散发魅力。

舞台变得宽敞了，这恰好有利于她舒展腰肢，她旋转至舞台中央，把折扇当成利剑，顺势演出一场威风英武的“剑舞”。

没想到，这支即兴发挥的剑舞效果出奇地好，让神游的公子们如梦初醒，纷纷为她喝彩，就连刚才拒绝她的青岑大人也在拍掌叫好。

看，她终究还是赢了。

赢是她唯一的目的，不达目的誓不罢休。

方才还在孤立她的舞伴也回过神来，识时务地朝她聚拢，她轻盈地隐匿在一众舞伴之中，一场小小的风波就此平息了。

可转身的刹那，她分明听到了一声轻叹。

是谁发出来的叹息？

她转头去探寻，却寻不到来源。

她不懂，如此良辰美景，是舞不好看，还是酒不够醇，到底有什么可叹息的？

她当然不会懂，这三位公子意兴阑珊并不是因为她，他们刚刚经历过生死，经历过爱恨，经历过轰轰烈烈、策马奔腾的青春年少，命中有许多值得肆意高歌的事，自然也会有让人叹息的事。

她不懂，她到底还是太年轻了。

自从结束了鞑靼之行，没有性命攸关的大事要去做，一时间大家都闲了下来。一闲百病生，从前那些藏在心底的烦恼杂念都冒出头来，开始活泛了。

青岑原本无欲无求，他所有的烦恼，大大小小，也只围着小烟一个人打转。只是近来有些不同以往，有人非得求着他去做官。

他对做官不感兴趣，甚至厌恶，可前前后后，一共三个人来求他，他少不得要冷下脸来一一回绝。

第一个来求他的是叶扶苏。

叶大人不止一次地催促叶扶苏，要他在朝中谋个一官半职，既然已经成了家，马上又要当爹，有份正经营生总归靠谱些。恰好前任礼部右侍郎近日病逝，礼部人手紧缺，他便想让叶扶苏去历练历练。

叶扶苏原本也对做官无甚兴趣，可他很怕将来孩子问他是干什么的时候，他答不出，若是一直做无业游民，可能会影响孩子的未来，为了下一代着想，他也只好先将就一下了。

但做官确实非常无聊，他想来想去，瞄上了好兄弟青岑。

礼部尚书康大人常年请病假，目前是半隐退的状态，他仗着资历深，硬是不肯让位，搞得整个礼部萎靡不振。皇上早就有心整治一下，因此破格提拔了叶扶苏，目的就是让他这样年富力强的新鲜血液重振礼部。

叶扶苏年轻归年轻，但资历略显不足，要不是有皇上撑腰，怕是一时半会儿也难混到这等差事。他也怕自己挑不起这大梁，所以特地请来青岑帮忙。

闲时哥俩儿可以一块儿喝茶下棋，八卦一下朝中大臣们的财政状况和私生活，心情好了再叫上小烟和阿松凑个牌局，俸禄还可以照拿不误，这小日子要多舒坦有多舒坦。

谁知青岑一口回绝了。

他说喝茶失眠，八卦费嗓子，打牌……叶扶苏和小烟最爱串通一气出老千，没意思。

叶扶苏不甘心，又劝："你就当帮我好了，他也知道我性子急，朝政纷乱，人际关系又复杂，若是我有言行不当的地方，你脾气好，也能帮我应付应付。"

青岑不为所动："你认识我这么久，几时见我脾气好过？前些日子户部郑大人家的公子在市集上对小烟态度轻浮，我打折了他两根肋骨，这事你又不是不知道。"

叶扶苏这才想起来，前阵子郑大人上了一道奏折，强烈要求整顿市井治安，皇上耽搁了几天没批奏，他就一哭二闹三上吊，闹得满京城的人都知道他儿子因为行为不检点挨了顿胖揍。

青岑确实也有脾气好的时候，只不过那是小烟的特权，旁人没资格享用。

叶扶苏知道劝不动他，又想起另一个好兄弟，阿松，没想到他答应得倒痛快。

阿松原本就是闲不住的人，早就过够了游手好闲的日子，巴不得找点儿事情来做。他也很喜欢新结识的几位朋友，小烟自不必说，叶扶苏和青岑也都是爽快正直值得深交的人，能和这些朋友共事，他求之不得。

叶扶苏见阿松答应了，便去向皇上请示。

皇上也早有心思多纳贤才来帮自己，流年不利，全国各地旱情不断，瘟疫肆虐，他正为此焦头烂额，身边着实需要得力的帮手。

小烟虽然没少帮他排忧解难，但到底是位公主，可以参与的地方十分有限，最好还是挑几个忠诚能干的亲信，名正言顺地入朝为官，遵循君臣之道，这样才能长久。

皇上最满意的人选其实是青岑，满意到可以不介意他血统的地步，论起来，他的能力、城府远在叶扶苏之上，甚至比小烟还要更高一筹，只不过他为人谦逊低调，不爱表露，但皇上喜欢这样的人，觉得他值得信赖又可靠。

但皇上也深知青岑厌恶官场，怕他拒绝，没敢一上来就提做官的事，只说近来心中烦闷，想找个人聊聊。

随着旱灾和疫情的加重，京城及周边各地娼盗四起，治安越来越让人担忧。城南花栖巷一带尤为严重，那里藏污纳垢、鱼龙混杂，常有罪案发生，但因为那里有各国商贾开设买卖，形势较为复杂，朝廷为了顾全大局，不好大张旗鼓地多加干涉。

然而皇上最怕的还不是这些："摆在明面上的案子可能只是冰山一角，倘若滋生一些见不得光的地下交易，朝廷更加无从下手，就眼下的形势来看，只会让时局雪上加霜，所以我想多安排些自己人过去。"

青岑立刻明白了皇上的意思，但见他欲言又止，似乎有话没说。

皇上犹豫再三，终于说起了最近的一桩烦心事。

"太后多年来沉迷养生驻颜之术，这在宫里早已经不是什么新鲜事了。我当时年幼，无力干涉，只得任由她去。谁知这两年她变本加厉，脾气也变得古怪。我常听她宫里的太监说，太后动不动就因为一点儿小事把宫女打个半死，再顺势撵出宫外。我稍微劝她几句，她就又哭又闹，动辄就以死相挟，唉，我实在拿她没办法！"

皇上叹息一声："光在自己寝宫里闹倒也罢了。前些日子皇后陪她用膳，在她宫里捡到了一样东西，你看看，可认得？"

那是一枚银汤匙，雕刻着繁复精美的花纹，汤柄被拦腰折断，剩下的半截儿有些磨损，只能依稀看到"花栖巷"的字样。

青岑道："这是从花栖巷高档酒楼里流出来的器具，为什么会出现在太后寝宫？"

皇上道："说的就是，这东西出现得离奇。更离奇的是，我之前派人调查太后撵走的那些宫女，竟个个杳无音信，好像人间蒸发了一般……"

青岑见皇上面色沉重，终于弄清了他的来意：皇上怀疑太后将宫女卖到了花栖巷，这个断柄的银汤匙是目前唯一的线索。

但这个怀疑只能意会，毕竟那是李太后，倘若冤枉了她，皇上就得背负"不孝"的罪名了。

皇上是小烟的哥哥，帮他个小忙，这个面子青岑还是可以给的，但若是借着这个由头让他去做官，他还是不大愿意，因此便道："微臣听说朝廷在花栖巷设立了一个机构，怎么没叫那儿的负责人帮您查查？"

"你指的是云韶府？主事的是礼部左侍郎薛淳，为人倒也可靠，只是不是我心中的理想人选。"他顿了顿，郑重道，"青岑，我心中最理想的人选，非你莫属。"

青岑淡淡地回绝道："一来，我并非汉人；二来，我只想照顾好小烟，你也知道那丫头不好管，照顾她已经耗费我的大半精力了。"

皇上无奈，只好使出了"撒手锏"，去求小烟。

二

蓝玉烟听闻叶扶苏和青岑要结伴入朝为官，自然大力支持。

叶扶苏眼瞅着就要当爹了，多些历练也可以更好地为人夫、为人父。

至于青岑，“长兄为父”的派头越来越大，对她的约束管教也越来越严厉。

前阵子她在集市上撞见户部郑大人的公子，本想同他周旋周旋，讹他几两碎银接济逃荒的灾民，可青岑见他对她态度轻浮便受不了了，上来就打折了他两根肋骨。从那之后，他还小题大做地立了许多规矩，比如不能晚归，不能单独往男人堆乱闯等。

他要是真去做了官，那她就彻底自由了。

可青岑那个脾气，连皇上的面子都敢不给，能给她面子吗?

岂料，等她小心翼翼地开了口，还没进一步煽情，青岑竟一口答应了。

他说：“因为是你求我，我才答应，天上地下，找不出第二个有这本事的人。”

青岑说这话的时候，正在翻弄从集市上寻来的一本旧琴谱。从前他只懂舞枪弄棒，对操琴完全外行，如今却有意要学一学。

因为他知道小烟心里还装着一首名叫《云雾潋》的曲子，那是温兴泽留在她心底的一道伤痕。

它时不时地出来吟唱，在她心底兴风作浪，有时凉风刮过，蝉鸣乍响，都会莫名其妙地诱发她心中的感伤。她挂念着边境旁的那座坟茔，担心那上头是不是长满了荒草。

小烟甚至在躲着她的小侄儿，她曾经心心念念、挚爱无比的小侄儿，她那么爱他，却因为他的生辰和温兴泽的死忌是同一天，而刻意回避和他的相聚。回京的这段日子，她去探望他的次数寥寥可数。

青岑比谁都了解小烟，温兴泽用他的死在她心中打了个死结，这结一日不解，她一日无法活得磊落。

除非，有人能往她心里装一支新曲子，这曲子要轻快欢愉，温绵和煦，节奏明朗到足可以盖住那支旧曲带来的悲声。把这片悲声从她心底连根拔除，那个整日欢天喜地、没心没肺的小姑娘才会回来。

去礼部任职只有一样吸引他，礼部负责礼乐之事，可以接触到很多乐师和歌者，他可以趁机拜师学艺。

只是他来到这里才发现，所谓的乐师和歌者，大多是十三四岁的女孩了。要拜她们为师，这事对他来说颇有难度，除了小烟，他其实不太懂得如何与女子相处，在她们眼里，他是个冷酷无情的人。

其实不光小烟心中有所亏欠，他也欠着沈雁南一条命。

这一世，和他有关的女子只有这两个，一个在心里，一个在墓里。

所以他理解小烟心中的亏欠感，明明心中愧疚万分，却不知该向何处去倾诉，哪怕是想诚心实意地拿命去抵，却找不到人接收，一颗心茫然地悬在那里，想一回痛一回。

前尘往事，一想起来就无边无际，他一直沉浸在自己的心事中，记不清是否发出过叹息了。幸亏那青衣少女将他从心事中唤醒，他才回过神来，记起了自己身处何地，为何而来。

三

花栖巷里没有花，只有巷子口那两株遮天蔽日的合欢树会在盛夏季节结出淡红色的花朵，这里曾埋葬过一群少女，那些如花似玉的少女永远长眠于此，故此得名“花栖巷”。

十年前，有位无名富商将这块地皮买下，建起了第一间酒肆，名叫“云韶坊”。

后来这里逐渐发展成一条繁华喧嚣的街市，吸引了许多外邦来的商人，他们在这里开设酒楼、烟馆、药铺、当铺等，因为是私人产业，朝廷对这条巷子没有太多管制权，又因为年年都能从这里获取不少税收，不便干涉太多，这里渐渐就成了藏污纳垢的贼窝，斗殴、盗窃、抢劫、走私等乱象层出不穷，但对朝廷并没有伤筋动骨的威胁，所以也就睁一只眼闭一只眼，任由它去。

先帝在位时，有一年遭遇百年大旱，各种求雨祭祀都不见效，当时在位的钦天监汤大人献计，称此次灾情非比寻常，祭祀活动也要不同于往年，他提议在农历七月十五日当夜，焚烧上千头牛羊作为祭品，并从民间搜刮来七七四十九名少女，为整场祭祀献舞，从开始坚持到结束，中间不准停歇。

那场悲壮惨烈的大火持续了整整三天三夜，献舞的七七四十九名少女最终全都支撑不住，一个接一个倒地身亡，围观的官员以汤大人为首，全都无动于衷，没有一人对那些耗尽体力的少女施以援手。

花栖巷尾原本繁花遍地，连着一片绵延不绝的花海，直通向城北的竹林深处，那场大火烧得巷内寸草不生，而巷尾空地上的两棵合欢树却神奇地活了下来。

城里的百姓都说，是那七七四十九名枉死的少女用鲜血滋养了这两棵树，她们死得太冤，不甘就这么被世人遗忘，于是幻作花朵守望着尘世。每到酷暑，合欢花都开得火红热烈，即使在大旱之年也照开不误。

花栖巷的商人因为一下子死了这么多人，怕耽误了买卖，于是联名向朝廷抗议。朝廷为了平息此事，便将礼部下属的一个机构迁址到花栖巷的“云韶坊”内，更名为“云韶府”，意图镇压一下这里的歪风邪气。

云韶府原为官场应酬会宴之所，里面多是些十三四岁的女孩子，大的也不过十七八岁，一般都是大户人家抄家后，从女眷中挑选出姿色才华过人的女孩入籍的，也有从民间选出好苗子自小就开始培养入籍的。

云韶府为了迎合礼部的职能，需要姑娘们精通琴棋书画等各种技能，还要略懂一两门异国语言，方便接待外国使臣。

为朝廷提供优秀的礼乐人才，确保云韶府正常运行，原是云韶府的主要职责之一，只不过礼部尚书康大人沉迷神仙方术，玩忽职守，云韶府一度陷入混乱。

最初那几年，流落到这里的女孩子下场都很凄惨，轻则挨饿，重则挨打，更严重些的，要么得了怪病暴毙，要么离奇失踪，人间蒸发。

到后来，云韶府简直成了“人间炼狱”的代名词，有些官员犯了事要被抄家，宁可亲手了结女儿的性命，也不肯把她们送到这里来。

直到薛淳上任，这种水深火热的惨状才得到改善。

薛淳是状元出身，经康大人一手提拔进了礼部，担任礼部左侍郎一职，他感恩于康大人的知遇之恩，一直尊称他为“老师”。他今年三十有五，能力、品行、样貌，样样拔尖儿，当年一进官场就备受瞩目，据说深受李太后的喜爱，连他的婚事也是太后一手操办的。

这样一个人才，又正值壮年，按说应该大有作为才对，可他全部的重心都放在了云韶府。皇上几次想提拔他，都被他一口回绝了，说是想等到康大人正式退休了再做打算。

薛淳对云韶府的执着让许多人费解，直到知晓了这其中的缘由，众人才明白他的良苦用心。

薛淳在新婚不久后曾得一女，生得粉妆玉琢，乖觉可爱，不承想染上了怪病，请遍了城里的大夫都医不好，不到三岁便归了天。没过几年，薛夫人也病故了，薛淳一下子成了孤家寡人，整日萎靡不振，变得十分阴郁。

康大人见此情形，便将他派去了云韶府，负责照看那里的女孩子们。

因为自己失去女儿，薛淳见这些女孩子都是无父无母的孤儿，很受触动，照料的过程中慢慢生出感情，找到了情感寄托，以至于到了后来，照料她们平安长大成了他唯一的奢求，对名利仕途反而淡泊了。

刚得知礼部有新人要加入时，薛淳很是排斥，他担心叶扶苏年少轻狂，据说带来的两个亲信也一个比一个年轻，生怕这伙人经验不足，轻浮有余。

若是让这种浮浪之人插手云韶府，毁了他多年来苦心经营的一方净土不说，再让姑娘们跟着受委屈，他实在无法接受。

于是他几次三番上书，要皇上另择老成沉稳的人选。

皇上也曾耐心开解他，一一述说这三位人选的诸多优点，但薛淳完全听不进去，态度坚决地要求换人。

直到后来发生了一件事，才让薛淳改变了看法。

四

这一年的旱情虽然不如十年前严重，但因为引发了瘟疫，尸横遍野，民不聊生，形势也十分险峻。

皇上多次开坛祭祀，求雨保平安，但效果甚微。十年前出过馊主意的钦天监汤大人这一次又开始蠢蠢欲动了。

如今他已年过半百，脑子早就不灵光了，而且和康大人一样，多年来迷信神仙方术，在朝政上毫无建树，不过是仗着李太后在背后撑腰，跋扈惯了。皇上早就看他不顺眼了，不过是看在太后的面子上才懒得理他。

谁知汤大人不甘心受皇上冷落，偏要给自己加戏。叶扶苏上任第一天，就撞见他颤巍巍地启奏，要求效仿十年前的旧制求雨祭祀：

"当年先帝采用了老臣的办法，效果奇佳，不久便天降甘霖。这次也可以采用相同的办法，在农历七月十五当夜焚烧牛羊千头作为祭品，再从民间找来七七四十九名少女伴舞。

这些人倒也好找，云韶府里遍地都是，反正都是罪臣之女，性命也不值钱，到时让她们穿上特定的祭祀服饰，集体起舞，待牛羊祭品全部焚烧殆尽则证明祭祀成功，神明收下了咱们的心意，便会满足圣上的祈愿，此后便可一直风调雨顺，国泰民安。老臣已经向太后回禀过此事，她老人家对此也十分赞同。"

皇上心中冷笑一声，这老贼竟然避重就轻，不提重点：当年先帝只批准汤大人用牛羊作为祭品，并不知道他又搞出花样让七七四十九名少女献舞，害得她们接连惨死。先帝为此深感愧疚，足足吃了三年的斋，并且传令后代，如非万不得已，绝不允许在祭祀过程中牺牲人命。可汤大人却声称，今年的惨状已经到了"万不得已"的境地，还搬出太后来给皇上施压，逼他采纳自己的办法，着实可恨!

大臣们明知道他是在找骂，但没人愿意做出头鸟，都低头沉默着。

皇上正要发作，忽见叶扶苏上前一步，便忍住没说话，想看看他第一天上朝会有何表现。

叶扶苏问汤大人："大人，您方才说，焚烧殆尽才能证明祭祀成功，那要是没烧干净呢？是不是说明神明不满意咱们的祭祀品，退货了？"

汤大人不知是计，回道："如此说来，确实有这个可能。"

叶扶苏对十年前的祭祀惨案早有耳闻，自然反对汤达人故技重施，假装一本正经道："咱们大费周章祭祀一回，要是让神明说退货就退货，那损失岂不是太大了？所以为了确保不退货，咱们得先搞清楚对方的喜好。"

汤大人点头道："你说得有道理。"

叶扶苏道："您方才只说需要牛羊千头和七七四十九名献舞的少女，这个要求太宽泛了，万一我们找来的祭品和姑娘与十年前有出入，导致祭祀失败，那可如何是好呢？"

汤大人眼神迷茫："那依你之见？"

叶扶苏道："依晚辈拙见，大人得给下面的人一个详细的标准，比如这牛羊千头都是什么品种，公的母的，对毛色花纹可有要求？那些牛羊的叫声要粗犷一点的还是细腻的？另外，这献舞的七七四十九名少女要求就更高了，高矮胖瘦，双眼皮还是小细腰？神明不比凡人，品位好，若是挑了些平庸的货色，入不了他老人家的眼，那不是成了大问题了？"

汤大人认真地思索着，显然已经入了套。

叶扶苏越说越来劲："晚辈还有个小小的担忧，不知当讲不当讲！"

"讲！"

"十年前咱们就用少女献舞，十年后还用这招，这……会不会显得太没创意了啊？没创意即是没诚意，得让神明感受到咱们的诚意才行！您说是吧？"

"对对对！诚意是必须的！"

"所以这次咱们必须创新一下，自古以来献舞的都是年轻貌美的女子，想必神明也看厌了，要不然这回，您老人家上去比画比画怎么样？若是您这把年纪都能豁出老脸当众献舞，那诚意绝对直冲九霄啊……"

众人哄堂大笑，汤大人气得手脚乱颤，一个字也说不出来。

叶扶苏的一番壮举成了佳话，人人都赞他怼得好，只有青岑有些忧心："你第一天上任就出风头，恐怕会树敌，日后还是要多提防些。"

是否树了敌，树了哪些敌人，叶扶苏此时还毫无觉察，但他确实得到了一些人的赏识，薛淳便是其中之一。他见这年轻人不畏强权，有勇有谋，对他便有几分刮目相看。

可仅仅是这样还不足以消除他心中的顾虑，云韶府是他这个孤家寡人唯一的归宿，里面的女孩子们是他最看重的财富，他要让这些女孩子强大起来，所以他必须确保万无一失，才肯安心将她们托付给旁人。

自从十年前发生了那场灾难，之后每年农历七月十五，云韶府都会举办一场宴会，缅怀当年枉死的七七四十九名少女。

说是缅怀，其实越到后来纪念的意味也不那么浓了，慢慢地变成了云韶府自娱自乐的一场酒宴。

但这一年的酒宴略有不同，薛淳将它变成了一次考试，考生就是即将赴任的三位年轻官员。

若他们能经受得住这场考试，云韶府的大门自会向他们敞开。

若不能，哪怕是忤逆王命，薛淳也必须将他们拒之门外。

第二章 鹤羽衣

佳人遗世独立，倾国倾城，原来可以不靠美色，靠的是胸襟和胆魄。

一

完美的考试需要缜密的试题，薛淳派出的重磅考题就是他的得意门生，云韶府的头牌舞者，南初。

其实南初并非薛淳心中的第一人选，她只是个替补，但仍是个出类拔萃的优秀替补。他要求南初在试探这三位年轻官员时掌握好火候，不露痕迹，她做到了。

试探人心是南初的强项，从前她在多次接待朝中官员和外邦使臣的过程中积累了大量的经验，可以做得滴水不漏，不失体面。

而薛淳则可以在她施展舞技的过程中，尽情地观察“考生们”的反应：若态度轻浮，举止粗俗，便当场扫地出门。若举止优雅，懂得赏舞听琴，便留心观察，做进一步考核。

这三人的反应让薛淳颇为惊讶，他们对南初的魅力视而不见，甚至有些心事重重，就连她精心准备的忘情酒都拒绝了。要知道，那盏酒可吸引过无数英雄豪杰，从未失过手，青岑是迄今为止唯一拒绝的人。

一顿饭的工夫，薛淳就看出这三个年轻人绝非等闲之辈：叶扶苏疾恶如仇，魏如松勇猛强健，还有他最中意的青岑，老练沉稳。

他放下心来，安心接纳了这几位下属。

既是下属，就该清楚自己的职责所在，他们的职责就是保护好云韶府，以及云韶府里最宝贵的“财富”。

“这些孩子的双亲都不在了，我来了之后，她们就自发地跟了我的姓，把这里当成了家。喏，方才领舞的那个叫南初，可别小瞧了这丫头，泼辣得很，平日我都不敢惹她。青岑，你方才拒绝了她的酒，以后可要小心喽！”

青岑淡淡道：“南初姑娘不像心胸狭隘之人，这种小事，想必她不会放在心上。”

南初冷笑道：“谁说我不会放在心上？我一个弱女子，要那么广阔的心胸做什么？那酒多少人想喝都喝不到，你白白辜负了本姑娘的好意，活该没那个口福！”

这话说得众人都笑起来，大家落了座，薛淳又介绍道：“我们云韶府里的女孩子，模样身段能拿得出手的都在这里了。还有一些年幼的，各种技能尚在学习之中，诸位大人有空可要多多监督她们才是。”

他指了指南初，道：“这些孩子里，南初最年长，妹妹们的日常饮食起居都是她在照料。原来有个和她同龄的孩子，名叫知念，十年前她们两个一起来的，一直同吃同住，一起照顾妹妹们。只不过那孩子身子骨弱，这两年一直卧病在床。说起来，今天还是她的生辰呢！”

说到这儿，薛淳转头询问下人：“小姐今夜可好些了？吩咐厨房为她准备长寿面了吗？”

下人回道：“已经命人给小姐端过去了，可她没什么胃口，吃了两口就放下了。现在应该睡着了，过会儿小人再去看看。”

薛淳闻言眉头紧蹙，脸色有些沉重。

青岑注意到他称呼那位知念姑娘为“小姐”，称呼其他女孩则是“姑娘”。

这引起了青岑的注意，因为接下来的一段时间，薛淳放着满屋子能歌善舞的姑娘不夸，一直在念叨着知念。

据薛淳说，知念是个百年难遇的好苗子，模样周正，而且难得地聪明，只是她体质不好，动不动就生病。

有人说是因为她生日不好，赶上了鬼节，之前有个算命先生想出个法子，要给她起个大气点儿的花名压一压。

薛淳一开始完全不信这些无稽之谈，但架不住知念老是不好，为解心疑，也只好试一试了。

薛淳道：“说起知念的花名，今夜正好说出来让大家伙儿品鉴品鉴……”

一提这些鬼神之说，叶扶苏就气不打一处来：小英也是农历七月的生日，如今康健得很，别说生病，就连感冒发烧也少有。

他没好气道：“亏得薛大人还是状元出身，竟然信这些乱七八糟的东西。

身体不好，就该多请大夫多吃药，若是改个名字就能痊愈，满大街的大夫岂不是要饿死了……”

青岑突然在桌下踢了他一脚，这家伙也太口无遮拦了。

薛淳毕竟年长叶扶苏十几岁，虽说是平级，但资历、辈分摆在那里，讲话多少要客气尊重些。

青岑替叶扶苏解围道：“薛大人别见怪，叶大人今晚有些心烦，那汤大人一直逼着皇上采用他的办法，频频上奏折，大家都被他搞得心烦意乱。”

薛淳冷笑一声：“你这么一说，我倒想起来，改日我还得揪着汤大人到皇上面前理论理论，这里的姑娘都是我一手照料长大的，怎么就命贱了？罪臣之女就不是人了吗？”

叶扶苏听了这话颇感诧异，汤大人和康大人私交甚好，薛淳又是康大人的学生，可听他话里的意思，似乎和汤大人并不和睦，便问道：“您若是和汤大人发生冲突，就不怕康大人生气吗？他既是您的老师，又是咱们的上司。”

薛淳叹道：“知遇之恩难报啊！作为康大人的部下，我对他的处事风格实在不敢苟同。这十年来，他整日痴迷钻研各种不老仙丹，丢下正经差事不闻不问。我为了保全云韶府，也不便和他闹翻，倘若他有做得不对的地方，我也只能好言相劝，他能不能听得进去就是他的事了。而且那二位大人有太后撑腰，就算呈报给皇上也无济于事。”

薛淳笑道：“幸亏你们来了，我多了几位得力帮手，这对云韶府来说总归是好事！”

叶扶苏愤然道：“我可不怕李太后，他们想钻研什么长生不老药，任由他们折腾去，可是祭祀时非要牺牲掉那些年轻的女孩子，这种事我万万不能接受！哪怕丢了官，我也不允许这种荒唐事发生！”说罢，他仰头将杯中酒一饮而尽，刚刚还在说笑打闹的姑娘们听了这话，都吓得寂静无声。

青岑夺过他的酒杯，低声道：“你醉了，稍微克制些，别吓着她们。”

叶扶苏感慨道：“各位姑娘别见怪，我也是快要当爹的人了，见不得谁家的孩子受苦。我知道你们当年都没少受苦，当年薛大人为你们撑腰，现在还有我、青岑大人和如松大人。你们若是有什么困难，千万不要藏着掖着，也可以跟我们讲！”

姑娘们听了这话，都羞赧地低下头，不敢直视他的眼睛，只有南初落落大方，毫不客气：“叶大人的话可当真？”

叶扶苏点头道：“当然，我说话算话。”

南初看着叶扶苏，话却是说给青岑听的：“近来我们正好碰上个小麻烦，我们正在学习扶桑语，可是教课的师父太不地道，学来学去也学不明白，您能不能帮我们找位靠谱点儿的老师？”

其实扶桑语她早已学会了大半，但她知道青岑是扶桑人，才故意把话题往这上头引。

她在想法子接近青岑，他拒绝过她，这口气无论如何得争回来。

叶扶苏指着青岑道：“这好办，师父是现成的！青岑大人就懂扶桑语，让他教你，包教包会！”

南初正等着这话呢，立刻起身作揖道：“师父，请受徒儿一拜！”

青岑心不在焉地把玩着桌上的餐具，这里的碟碗盘盏都是镀金的，纹路和皇上在太后寝宫拾得的那支银汤匙明显不一样。

他又走神了，这一晚他总是不在状态，这里虽然热闹，但他的心不在这里。

直到南初姑娘叫他，他才回过神来，道：“我有公务在身，怕没有太多闲暇来教授你。不过，我倒认识一位友人，她应该是比我更合适的人选。”

南初不肯放弃，追问道：“什么友人？让我们见识见识！”

青岑心头泛起柔情，道：“不必了，她不喜欢热闹，而且最近一直在照顾老朋友，应该也不得空。我改日再安排你们见面。”

南初愤愤不平，这家伙接二连三地拒绝她，这仇她算是记下了。她转过身背对着青岑，故意倒酒给阿松，这位大人整晚独自坐着喝闷酒，看着怪冷清的。

阿松也有心事，他和叶扶苏一样都是心里藏不住事的人，但阿松不像叶扶苏那么多话，他只会喝闷酒。

只不过听见薛淳不断提起知念，他的反应却很奇怪，不住地询问南初，知念姑娘得的什么病，要紧不要紧，甚至还问她在吃哪些药材，要想办法帮她弄来。

谁知细问之后才知道，阿松和知念竟是地道的“旧相识”，打小就认识。

据阿松说，他爹生前在朝中做官的时候，和知念的爹凌大人是同僚，二人曾共事，私下里也有些往来。今晚他一听薛淳提起知念的名字，就记起她来了，当年他们两个在凌府花园里玩耍，知念从假山上跌下来摔伤了手臂，这事让阿松记忆犹新。

只不过，时隔多年，如今二人的境况都不好，双亲都不在了，知念又在病中，实在让人唏嘘感慨。

阿松心里不是滋味，也不大敢见知念，生怕见了之后更加伤感。

薛淳可不理会那些，一听说两人是旧相识，高兴得跟什么似的，非要把知念从病床上叫起来，要她来和阿松见上一面。

南初只得上前竭力劝阻：“知念这几日的状态越发不如从前，这么一折腾，又得消耗她不少精力，不如改日再聚。”

可薛淳不听，执意要让她来，今晚本来就是知念的生辰，再过一年她就满十八岁了，没能好好为她庆贺已经让他十分过意不去了。

“难得和故人重逢，喜上加喜，这么喜庆的事万万不能再错过了！”他吩咐下人道：“叫小姐不必盛装，略梳洗一下即可，在座的都是自己人，不必拘泥小节。”

下人领了命匆匆下去，可是过了半晌也不见人回来。

薛淳正要问起，另一个下人连滚带爬地跑进来，哭天抢地地喊道：“大人，可了不得了，了不得了！”

薛淳道：“别慌，慢慢说，出了什么事？”

那人满脸泪痕，跪在地上痛哭不止。

薛淳跺脚骂道：“混账东西，快说！”

那人抽噎着仰起头来，恸哭道：“大人，是咱家的知念小姐，她……她吊死在巷尾的合欢树上啦！”

二

云韶府里的人都爱知念，倒不是因为她生得美，美只是她别在发尾的一支桃花簪，是一种锦上添花的点缀。人们爱的是她骨子里的良善和德行，就像薛淳常说的那样，知念的好，寻常人想装都装不出来。

对长辈，她恭敬孝顺。对妹妹们，她呵护慈爱。就连云韶府的下人，也无不称赞她的温厚纯良。

知念就像一株美丽的植物，散发着芬芳，无私地滋养着身边的人。

可这些都不是知念身上最珍贵的优点，她身上最珍贵的优点是坦诚真挚，那是一般落难小姐身上没有的。

寻常大户人家的小姐沦落到花栖巷这种地方，一般都很难释然，最初她们都会想方设法地求死，失败后大多心如死灰，带着满心的怨念和恨意，如傀儡般麻木地活下去，她们对过往讳莫如深，避而不谈；对未来冷淡漠然，直至最后变成一具没有灵魂的，美丽但苍白的躯壳。

但知念不一样，她以最快的速度接受了宿命的剧变，抖擞着精神，活得有滋有味，有血有肉。

在凌府里那段锦衣玉食的生活，如今已成了遥远的过往，可知念并没有将它们锁进记忆深处，而是拿出来与人分享。她用柔和平静的语气告诉大家，看，所谓的千金小姐也不过是个肉体凡胎，和大家一样，一日三餐，夜卧一榻，并没有什么稀奇。

有位和知念命运相仿的千金小姐质问她，为何要把过往生活的所有细节都赤裸裸地呈现在世人面前？为何不给父母祖宗留些颜面？

知念告诉她，在云韶府，颜面这种东西是会伤人的。

她进云韶府的第一天就放下了颜面、身份和遥远的前尘过往，她不想余生都被痛苦纠缠，所以坚强地开始了新生。

她把曾经的生活当成教科书，和来自民间的姐妹们分享。

因为她知道，瞒得越紧越危险，只有公之于众，才会遏制住人们的好奇心和想象力，才会平息人们心中的妒火。

知念的这份智慧，为云韶府的和睦做出了巨大的贡献。

那些来自不同阶层的女孩子之间少了许多芥蒂，她们开始互相理解接纳，互相学习。

来自罪臣之家的千金小姐，开始教授目不识丁的姐妹们读书认字，以及行走坐卧的各种礼仪。

来自清贫之家的贫苦姑娘，开始教授这些落难小姐认识五谷杂粮，浆洗自己的贴身衣物，多给她们一点儿时间，让她们慢慢适应风光不再的清苦生活。

女孩子多的地方最容易生是非，倘若没有正确引导，云韶府可能每天都会上演钩心斗角的狗血大戏，但因为有了知念，云韶府的女孩子变得善良柔软，变得更像女孩子了。

知念不仅观念豁达，也热爱生活，她教大家酿合欢汤，品鉴名贵胭脂，还亲自带领妹妹们在府里各处种满鲜花。

其实她刚来时也十分孤僻，不爱与人打交道，反倒是和她一同进来的南初活泼健谈、性格开朗。

后来知念不知怎的就想开了，慢慢变得豁达通透，温纯善良，而南初也逐渐走向了另一个极端，变得争强好胜，得理不饶人。

这对姐妹花从小就性格迥异，越到后来越是天悬地殊，在她们身上几乎再难找到共同点。

只有一样除外，两人都视大名鼎鼎的蓬莱公主为心中偶像。

这两年大街小巷都流传着关于蓬莱公主的传说：她为救父亲独闯京城，只身击退围城的鞑靼兵，远赴鞑靼化解边境危机，这些事迹是茶楼里的说书先生最爱讲的。

蓬莱公主成了家喻户晓的女英雄，激励着无数民间女子，女孩子们争相效仿，这在当时已经成为一种风尚。

在云韶府，稍微有点儿抱负的姑娘都在拼命向“蓬莱公主”学习、靠拢，知念和南初也不例外。

知念在蓬莱公主身上看到了不俗的情怀，是她让知念明白，佳人遗世独立，倾国倾城，原来可以不靠美色，靠的是胸襟和胆魄。

南初在蓬莱公主身上看到了不服输的信念，是她让南初明白，女子只要足够优秀，就可以把天下男儿都比下去。

但她们都没亲眼见过蓬莱公主本人，她只是她们遥远而模糊的向往，用来奋发向上的精神寄托。

云韶府每年都会举办各种名目的酒宴聚会，有一年，薛淳心血来潮，让底下的姑娘们比试舞功、琴技，胜出者将会被赐予“京城小蓬莱”的称号。

姑娘们都很兴奋，为了这个称号奋发练习，南初尤其刻苦。其实论实力，知念原本和她不相上下，但那几年，知念的身子已经开始虚弱，比舞场上气势锐减，所以那场比赛最终胜出的是南初。

可是，薛淳最终还是把“京城小蓬莱”的称号给了知念，因为算命先生说知念的生日不好，要用大气的花名来压一压。

大家都觉得知念实至名归，真正配得起公主名号的人，不应该只是舞艺高超之人，而是应该具备公主的胸襟和气魄，所有人都觉得知念比南初更配得起这个名号。

知念最终靠人气赢得桂冠，至于比赛是否公平，除了南初，没人在意。但南初也并没有哭闹着抢夺这个头衔，她知道众人都偏向知念，人心所向，她斗不过人心。

但她没有懈怠过一天，她在心底暗暗发誓，总有一天，她要用实力向世人证明，她才是最配得起“京城小蓬莱”这个名号的人。

她只将这份野心藏在心底，表面上仍旧和知念客客气气。

知念负责照看妹妹们的生活起居、衣食住行，做事风格也是以关心呵护为主；南初负责监督妹妹们练舞操琴，更看重技能和成绩，对懈怠懒惰的妹妹们尤其严厉。

原本二人各司其职，互不干扰，可是知念这一病，她的职责就被南初分担了，妹妹们过惯了被知念姐姐关怀呵护的日子，南初一来，大家都有些吃不消。

有好事者跑到知念面前告状，知念一反常态，提了一个让所有人都出乎意料的要求。

她要求南初每日给她熬药、送药，一日三次，顿顿不落，而且这事指名道姓要南初来做，她说得清清楚楚、明明白白：南初若是不肯，她就绝食！

知念从来没有提过如此无礼强硬的要求，众人都很诧异，南初更是闹了个天翻地覆。

她和知念原本并无辈分高低，这样一来，南初倒成了被知念使唤的小丫鬟，怎么可能咽得下这口气？

薛淳也很诧异，知念一向仁厚，绝不会无缘无故生是非，待问清缘由后，他才明白知念的良苦用心。

原来，知念知道南初性子急躁，担心自己哪天不在了，南初一个人支撑不起这么大个摊子，所以早早磨炼她的心性，让她变得沉稳些，到时候，妹妹们也会对她心服口服。

可是知念的这番苦心南初无法理解，她到处向人抱怨，说知念老是在装模作样，而且手段高明，薛大人和一众姐妹都被她骗了。

抱怨归抱怨，但有一个人的话，南初不敢不听，这个人就是薛淳。

薛淳有多偏爱知念呢？云韶府里所有女孩子都被称作“姑娘”，只有知念一人被叫作“小姐”，虽然手心手背都是肉，但只有知念是他的掌心那颗举世无双的明珠。

偏爱到这种地步，傻子都看得出来，南初又怎会不懂？但旁人也都知道，她天不怕地不怕，只有薛淳能让她忌惮几分。

所以当薛淳放下身段来求她的时候，她没法不让步，而且他越来越憔悴，为了知念的病情每日忧心忡忡，南初就算心里一百二十个不愿意，也只得咬牙答应。

从那以后，南初便每日按时给知念熬药、送药，起初还能准时送达，日子久了她也絮烦，趁着这次欢庆宴，她就理直气壮地开了小差。

她对外声称要排练新舞，时间紧迫，便指使一个妹妹代替她去给知念熬药，等药熬好了，她再抽空送过去。

南初在云韶府里一向独大，又仗着是重要酒宴上不可或缺的金牌舞者，众妹妹虽然心有怨言，但也不敢拿她怎么样。

那几日，云韶府为了筹备欢庆宴，上下忙成一团，薛淳也忙得焦头烂额，人手实在不够，就连日常照顾知念的两个下人也被叫来听候调遣了，到后来，不知怎的，负责给知念熬药、送药的差事，竟落到了柴房里一个老眼昏花的婆子身上。

那婆子不仅年迈，手脚也不利索，中元节这一天本是知念的生辰，她在厨房捣鼓了半天才做好一碗长寿面，可是这面不是缺油就是少盐，弄得知念毫无胃口，勉强吃了两口就睡下了，这一睡就是小半天，婆子只当她乏累了，也没敢去惊扰她。

一直到天色将晚，薛淳派人来叫她，婆子才想起知念还在睡着，竟连晚间的汤药也忘了喝。

下人领命来敲知念的房门，半天没人应，大着胆子将门踹开，才发现里面空无一人，一下子就慌了，正没个主意，忽然听见前院正厅传来撕心裂肺的恸哭声，这才知道知念死了。

她死得实在太离奇，而且绝不可能是自杀。

一个久卧病榻的病人，不可能自己爬起来，再费尽千辛万苦，避开众人的耳目，穿过长长的花栖巷，走到巷尾的两棵合欢树下，将自己吊死在树下。

这样的死法对于普通人来说都很难实现，更何况那是虚弱的知念。

真相究竟如何，目前还无法得知，人们只知道，那样受人爱戴的知念，没留下一句交代，连声招呼都没打，就在众人欢歌笑语之际，悄无声息地从这世上离开了。

而这一天恰好是农历七月十五日，她的生辰，还有一年她就十八岁了，但她终究没赶上这大好年华，而是选在了这特殊的日子，和十年前那群枉死的少女一起，化作了合欢树上一朵不朽的红花。

三

这场煞费苦心的欢庆宴，最终在一片恸哭声中草草结束了。

云韶府上上下下，此刻都想起知念平日里的恩情来，个个放声悲号。

薛淳命人将知念的尸首移至正厅，呆呆地看了许久，冷不防“哇”的一声，吐出一口鲜血来。众人吓得不轻，忙要去请大夫，薛淳虚弱道：“无妨，不过是急火攻心，给我倒碗凉茶来，喝了就没事了。”

偌大的正厅寂静无声，薛淳转头望去，底下黑压压跪倒一片，众人眼里噙着泪，全都戚戚然地看着他。

人人都说云韶府是和平宁静的一方净土，在藏污纳垢的花栖巷里，是出淤泥而不染的存在，现在他最疼爱的“女儿”竟在众目睽睽之下离奇死亡，这事无论对薛淳还是云韶府都是一记重击。

薛淳强打起精神道：“南初，你先安顿好这几位大人，夜已深了，先安排人送他们回去休息。”

南初红着眼回道：“大人，叶夫人身体抱恙，方才府上已经来人把叶大人接走了。剩下青岑和如松两位大人……”

阿松忙道：“薛大人不必在意我们，我们哥俩儿的住处就在云韶府后巷，近得很，再说，云韶府出了这么大的事，死的又是我的老朋友，我说什么都得留下来帮忙。”

阿松双眼通红，显然哭过。青岑和南初都有些意外，看来他和死去的知念姑娘交情着实不浅，不然不会当众落泪。

青岑也道：“监管云韶府本就是我们的分内事，现在这里出了命案，我们应当尽快查清楚事情的原委。我方才已经派人保护好案发现场，也命人去请了仵作，知念姑娘死得蹊跷，按章程须得验身，得出结论再做下一步调查。”

薛淳神思恍惚，尚未从悲痛中走出，听见这话竟毫无反应，青岑见状便吩咐南初：“你先扶薛大人回去休息吧，也把妹妹们都带回去，这里没你们的事了，不必在这里空耗着。”

南初哭得双眼红肿，哽咽了半晌，一句话也说不出来。

青岑心有不忍，放缓了语气道：“节哀顺变，还是回去休息吧。”

南初这才拜过青岑，过来扶薛淳，起初他坚决不肯走，哑着嗓子道：“我怎么能走？我得等在这里，把害死知念的凶手找出来！老夫要把他千刀万剐！”

青岑见他情绪激动，劝道：“大人，这案子不是一朝一夕就能查清楚的，还得从长计议。不如您稍作休息，等精神好些再来，明日我们还得向您请教一些事，您要是因为太过悲痛遗漏了线索，那岂不是得不偿失？”

薛淳听他这么一说，便不再坚持，长吁短叹地回房了。

遣散了众人，正厅只剩下青岑和阿松守着知念的尸首。

阿松见青岑眉头紧蹙，就知道这案子肯定很棘手，只恨自己心里如乱麻一般，竟一点儿头绪也没有。

青岑端详着知念的尸首，喃喃自语道：“这盛夏季节，为何偏偏穿这件殷红鹤氅呢？实在蹊跷！”

“什么是鹤氅？”

“就是用仙鹤羽毛编织而成的衣衫，质地精良，一般是富人家秋冬季节御寒的衣物，这件鹤氅上栩栩如生的仙鹤颇为罕见。仙鹤是道教常用的图案，被世人称为‘羽化成仙’，古籍中说，鹤氅原不是凡人所穿的衣物，而是给神仙穿的。”

青岑凑近了，用力嗅了嗅，道：“你闻到没有？知念姑娘身上有一股浓郁的松油味道，而且她的尸首用粗麻绳吊在两棵合欢树之间，这样的装束和死法……”

“像是某种仪式。”

两人不约而同地想到了同一件事。

“你还记得吗？叶扶苏上朝第一天曾和汤大人起过争执，那汤大人提议求雨时要七七四十九名少女来伴舞，还要求她们穿着特定的服饰。我怀疑，知念姑娘身上这件鹤氅就是汤大人口中的特殊服饰，她的死一定和祭祀有关！”青岑道。

“这就奇怪了，祭祀中被焚烧的祭品是牛羊，为何知念身上会布满松油？难道有人想把她当成祭品？”阿松道。

“不排除这种可能，今年的灾情着实严重，说不定有人被逼急了、逼疯了，想牺牲活人来换取太平！”青岑道。

“你觉得那个汤大人有嫌疑吗？”

“皇上已经明确回绝了他的提议，他若是敢擅用私刑就是欺君罔上，他没必要冒这个险。”

“如果不是汤大人，那会是民间邪教组织干的吗？”

“也不像，求雨是为国而求，没必要做得这么鬼祟，遮遮掩掩的，我怀疑知念的死还是私仇的概率大一些。”青岑查看着知念脖颈上的勒痕，道，“不过有一点可以肯定，能把尸首吊到半空中，这至少要两名力大无穷的男人才能完成。知念既有可能是死后被吊在树上的，也有可能是吊在树上的过程中死去的。”

话音刚落，仵作到了。

四

青岑见下人带着他从侧门进来，有些疑惑，问道："这仵作不是从外头进来的？还是进来之后你又带他去见了别人？"

下人回道："他说口渴，奴才就带他到厨房喝了碗茶才过来。"

青岑和阿松对视一眼，喝茶要去厨房喝？这是什么规矩？二人不动声色，继续问下人："薛大人现在怎么样了？"

下人道："已经睡着了。"

阿松道："那就先让他睡吧，明日我和青岑大人再跟他汇报细节。"

青岑见这仵作行为举止十分可疑，便处处留心，问道："这大热的天，你怎么满头是汗？"

仵作神色躲闪，既不敢看他，也不敢正面回话，只是一味地打着哈哈转移话题，指着知念脖子上的勒痕道："从这勒痕的深度可以判断，知念姑娘是死后被人吊在树上的。"

青岑问他："那知念姑娘是何时死的，死因是什么，你现在可验得出？"

仵作没说话，打开一个布包，露出一排排大小粗细不一的银针。他挑来挑去，迟迟不肯下手，一双手抖得厉害。

青岑正要催促他，仵作忽然"扑通"一声跪倒："大人，小人明天一早就要举家南迁，这案子我不想接了，您还是找别人吧！"说完，他磕头如捣蒜，连连求饶。

青岑和阿松面面相觑，不知这家伙中了什么邪。

阿松道："你明天才离开，并不耽误今晚办事。再说，银子你也收了，不给我们个交代怎么成？"

仵作见赖不掉，只得硬着头皮拿起银针，刚扎下去，忽然一阵大风刮过，把窗棂吹得咣咣作响。

仵作吓得不轻，无论如何也不肯再进行下去了："还请两位大人高抬贵手，小人实在下不去手，小人害怕！”

“有什么好怕的？”

“小人听说人死时穿着红衣服，死后会变厉鬼。我怕知念姑娘回来找我。”

“放屁！”阿松骂道，“真是一派胡言，你一个仵作，整日和尸首打交道，怎么今天突然怕起鬼来了，唬谁呢？”

青岑知道这里面有问题，便道：“算了，你既然不愿意，我们也不强求，先回去吧。你第一次来云韶府吗？可认得回去的路？”

仵作摇头说不认得，一旁的下人忙道：“跟我走，我带你出去！”说罢，那仵作磕头谢过，逃也似的离开了。

阿松看着他慌忙逃窜的背影，若有所思：“这家伙明明有问题，你为什么还放他走？”

青岑道：“他若是打定主意不说，咱们也问不出什么。我只是好奇，他明明第一次来云韶府，怎么会一口一个‘知念姑娘’，叫得这样真切？而且他是从侧门进来的，我怀疑他来见咱们之前，有人把他先叫走了。”

阿松道：“你的意思是，有人嘱咐不让他说真话？他不给知念验明尸首，是受人胁迫？”

青岑点头道：“至少目前来看是有这个可能的。”

阿松道：“云韶府里最大的官就是薛大人，难不成是他吩咐的？”

青岑道：“未必，也有可能是外面的人串通了里面的人。不要小看了这个地方，云韶府能在花栖巷这种地方安然无恙，自然有它安身立命的本事，这里的每个人都不能小看。”

青岑又想起了另一个棘手的问题。

知念身上穿着的那件殷红鹤氅，做工十分精良，用来御寒倒是极好，但现在是酷暑时节，这样一件厚衣裳穿在身上，尸首恐怕不出三天就会腐烂，需得想个办法将尸体保存起来才行。

他之前听叶扶苏提起过，云韶府在建造之初，曾耗时数月挖了一个面积巨大的地窖，当时不知做何用处，但地窖里的温度相对较低，可暂时将知念的尸首放在那里。只是他刚来云韶府，不知地窖入口在哪里，需得请示过薛大人方能进入。

他正在犹疑，忽听窗外传来“啪嗒”一声，一块青砖从屋檐上掉落，发出清脆的裂声。

青岑和阿松下意识地冲了出去，只见一个黑影蜷缩在屋顶，正要逃窜，二人忙飞身上去将他擒住。

青岑刚钳制住那贼人的肩颈，便像触电般松开了，惊叫一声：“小烟，怎么是你？”

蓝玉烟一边揉着肩膀，一边朝着远处恨恨道：“来晚一步，叫那家伙跑了！”

她转过头来，没好气地审视着二人，骂道：“两个大笨蛋，疑犯在你们眼皮子底下潜伏了一整晚，你们竟然一点儿都没有觉察？笨死了！”

她纵身一跃，跳下房檐，揉着肩膀转头道：“还愣在那儿干吗？刚才哪个不开眼的打得我肩膀生疼，还不快来赔礼认错！”

青岑一阵心疼，道：“方才不知是你，下手重了，你伤了哪里？快让我看看。”

“看什么看？”蓝玉烟揉着肚子，一脸虚弱道，“先给我弄盘点心来吃是正经，一晚上没吃东西，可把本姑娘饿坏了！”

第三章 阿兰雀

『若你能像寻常女孩儿那么乖，闲时赏赏花，弹弹琴，每日深居简出，在闺阁中平安长大，远离这些是非的时候，我心里就会安生许多。』

『可你知道我不是寻常女孩，我是蓝玉烟。』

十一

云韶府后巷僻静清幽，巷内有几间空置的厢房，薛淳得知青岑和阿松都未成家，便将那里收拾出来供他们住宿。

蓝玉烟想看看知念的尸首，青岑执意不肯，她刚挨了一掌，又饿着肚子，还是先把她照顾好比较重要。

阿松留在原地守着知念的尸首，青岑带着蓝玉烟回到了他的住处，又去厨房端来一盘点心，见她狼吞虎咽，心疼道："又去哪里疯了，饭都顾不上吃？"

蓝玉烟便将小英受惊吓生病的事情一五一十地讲了，青岑听后半晌没说话。

"只是觉得有点儿巧，知念姑娘也是死在合欢树下。"

说罢，他便将今晚的所见所闻一一说给蓝玉烟听，她听完也倍感诧异。

"说来也怪，我今天惶惶然了一整天，心里老觉得不安生，总感觉有事要发生，刚听说这里发生了命案，我无论如何也坐不住了，想着必须过来看看。你说这算是'心有灵犀'吗？"

"你跟她素不相识，哪来的'灵犀'？"

"你方才不是说她生前被称作'京城小蓬莱'吗？这也算是我们之间难得的缘分。"

"先别说这个，刚刚跑掉的贼人是怎么回事？"

"别提了，一个时辰前，叶扶苏前脚刚到家，我就赶紧往花栖巷这边来，走到巷子口的时候，忽然看见屋檐上有个鬼鬼祟祟的黑影，就在暗处悄悄跟着，一直从巷子口跟到了云韶府，又发现他在偷听你们两个谈话，我上去要抓他，没抓到，只扯下一片衣襟。"

说罢，她从袖子里掏出一块烂布片，道："那个贼人身上有血迹，你看，血迹还没干。"

青岑捻捻布片上的血迹，道：“是人血。”

蓝玉烟诧异道：“人血？那小子身手利落，不像带伤的样子，这血迹不可能是他的。莫非是知念姑娘身上的？”

青岑摇头道：“知念姑娘身上只有勒痕，并无伤口。”

蓝玉烟吞下一大口点心，含混不清道：“那会是谁的血迹呢？不行，待会你赶紧派人去城里搜寻一圈，看看那小子是不是在别处伤了人了？看看能不能搜到有用的信息，拿回来咱们好好分析分析！”

青岑正满屋子翻找着药膏，刚才下了死手，打得小烟肩颈处黑紫一片，心里懊悔得不行，听见这话，皱眉道：“‘咱们’？我几时说过要带上你？”

“这么有难度有搞头的案子，怎么可能少得了我？”蓝玉烟难以置信。

“人手够用了，你不许去。”青岑翻遍了屋子也没找到药膏，心情很烦躁，“花栖巷是什么地方？那是好人家的女孩都得绕路走的地方！再说，我们上任第一天就遇到命案，这里面指不定还藏着多少危险，不是闹着玩的！”

蓝玉烟吃饱了，有点儿犯困，不由自主地伸了个懒腰。

青岑见状起身整理床铺，道：“你累了就先在这里睡上一觉，睡醒了再回去，我这就出去为你寻些药膏回来。”

蓝玉烟顺势躺下，打着哈欠道：“你也不想想我是谁，高丽人的兵营我都单枪匹马地闯过，还会忌惮这区区一桩命案？”

“我知道你胆大包天，怕的是我。”

“你怕什么？怕我被人加害，丢了性命？”

青岑看着她道：“除非我死了，不然我不会给任何人伤害你的机会。”

“那你怕的是什么？”

“我也说不清楚，就是提心吊胆。但我知道什么时候不会怕，若你能像寻常女孩儿那么乖，闲时赏赏花、弹弹琴，每日深居简出，在闺阁中平安长大，远离这些是非的时候，我心里就会安生许多。”

“可你知道我不是寻常女孩，我是蓝玉烟。”

青岑忍不住笑了。

是啊，谁叫她是蓝玉烟呢？世上有许多的本分姑娘，可是披荆斩棘、所向披靡的就只有她一个。世人都懂她的好，他又怎会不知道？他不光知道，还很骄傲，因此更要妥善保管她的好。

他道："之前义父失踪，皇上派你去鞑靼，那些都是身不由己，但这次不一样，这次我有得选，你就听我一回，多陪小英散散心不好吗？这里有我，不劳你费心。"

蓝玉烟忽然警惕道："我听说云韶府里美女众多，你不是怕我插一脚进来，搅了你的好事吧？"

青岑替她掖好被角，正色道："不要转移话题，这次没得商量。"

"那我要是非得加入呢？"

"好，那你告诉我，就算我同意你一块查案，你以什么身份加入？你总不能正大光明地告诉这里的人，你就是蓬莱公主吧？"

"我混进那些绝色美女中，充当其中一员不就得了，那有何难？我的演技你也不是没见过，不过是当众献歌献舞而已，对我来说就是小菜一碟……"

蓝玉烟正喋喋不休，忽然不敢说话了，因为她看见青岑忽然变了脸色："你要当众献歌献舞，取悦别的男子？为什么你觉得我会容许你那么做？你对我有什么误解？"

蓝玉烟被问住了。

"我已经有过一次教训，再也不会轻易把你送到别的男子身边。"青岑道。

蓝玉烟知道他指的是温兴泽，眼神瞬间黯淡下去。

她和青岑从小形影不离，鞑靼之行是他们分开最久的一次，但就是那一次，温兴泽闯了进来，在她心底留下一道挥之不去的伤痕。

在此之前，她的心里一片澄明，远比现在要轻松快乐。

青岑见蓝玉烟不说话，知道这话题起得不好，轻声道："是我不好，今晚有些烦躁。"

可他烦躁的根源，恰恰就是蓝玉烟。

虽然她早已能够独当一面，名扬天下，可他仍觉得她是个孩子，处处需要照料，对她总是充满担忧。

青岑好说歹说，劝蓝玉烟安心陪小英，不要想其他事，吃饱睡好，他才能专心办案，这才把她勉强哄睡了。

青岑端详着她熟睡的侧脸，万般柔情涌上心头，端详了一会儿，他轻轻起身离开了。

门旁放着一把铜锁，他拿在手里，犹豫了半晌，轻轻放下了。

他被自己的念头吓了一跳，他竟然想锁住她？

他说不上来自己是怎么了，这次他十分担心小烟参与进来。上任第一天就遇到命案，让他有不好的预感。

他打定主意，这次不管她如何耍赖撒泼，也不让她踏进云韶府半步。

此时天还没亮，青岑沿街找了几家药铺，都还没开门。

路过一条漆黑的小巷时，一条脏兮兮的野狗忽然从黑暗中蹿了出来，青岑闻到一股明显的血腥气息，不由得警惕起来，跟着那条野狗到了巷子深处，竟然发现了两具无头的尸首！

青岑沿着现场查探了一圈，转身赶往叶府去通知叶扶苏，命案接二连三地发生，这绝非巧合，需要加派人手来详查！

叶扶苏也整晚没睡，小英高烧了一整夜，到天亮时才渐渐退热。

青岑向他汇报方才所见时，开始叶扶苏还能勉强听着，到后来实在忍不住分神，连连叹气。

叶府请来的几位大夫都说小英脉象虚弱，胎儿的状况也不大好，要叶扶苏有个心理准备。

“怎么突然这么严重？之前不是好好的吗？”

叶扶苏满脸沮丧：“都怪我太粗心，把她孤身带到京城，却没有悉心陪伴，都不知道她水土不服，一直在强撑着适应这里的生活。”

“小烟不是一直在陪着她？”

“多亏了还有小烟能陪着她散心解闷儿，时不时地弄些好吃的、好玩的哄她开心，不然小英还不知道难受成什么样子呢。”

叶扶苏长叹一声：“我原本还想着把官做好，有一番作为，现在连妻儿都保护不好，还谈什么作为！”

“小英是不想让你担心才自己苦撑着，也是为你好，你应该打起精神来，别辜负了她对你的一片心意。”

叶扶苏叹道：“我是心有余而力不足！这两桩案子发生时间如此接近，说不定都和云韶府有关，咱们现在是那儿的父母官，必须得驻扎在那里，彻底查清才行，可是小英这边……”

青岑道：“无妨，你就放心陪她，云韶府那边有我和阿松就够了。”

青岑又坐着安慰了他几句，随后调遣了一些人手，派去刚才发现尸首的巷子，做好记录和勘察。

他发现这两具尸首身上也有极浓郁的松油味，和知念身上的一模一样。两位死者都是身材高大的男性，从身上的伤痕可以判断出，杀害他们的凶手是个武功高强之人。

做完记录，忙完琐事，不觉已到晌午，青岑匆匆买好药膏，又买了只刚出炉的荷叶糯米鸡，到家一看，床榻上空空如也，小烟已不知去向。

这死丫头，早知如此，刚才就该把她锁在屋里！

房门突然被敲得震天响，下人扯着嗓子喊他：“青岑大人，快去前院看看吧！出大事啦！”

二

屋檐下站着一个衣衫褴褛，头发蓬乱的年轻人，正手持一把匕首抵住一位哭泣的姑娘。寒光毕现的刀尖儿抵在姑娘雪白纤细的脖颈上，稍有不慎就会丧命。

他声称自己刚杀了人，尸首就堆在叶府附近的巷子里，那是他送给云韶府的一份“大礼”。

他们正前方，一个蓝衣少女站在庭院中央，正在试图和他谈判。

她身后拥着一群姑娘，个个吓得花容失色，凝神屏息，偌大的庭院竟一点儿动静也没有。

青岑看清了蓝衣少女的背影，不由得心头一紧，是小烟！

他就知道，这死丫头不会老老实实听他的话！

他正要冲上去，忽然被人一把拦住，转头一看，南初紧张兮兮地悄声对他道：“青岑大人，先别轻举妄动，那个蓝衣姑娘正在同歹徒谈判呢！”

“那家伙什么来头？”青岑问道。

“我们都叫他‘鬼脸人’，他武功很高，原来就是混迹在城南一带的打手，后来不知怎的竟和知念混得很熟。你看，知念这一死，他反应这么大！”

“他承认巷子里的两个男人是他杀的？”

“可不是！这家伙简直丧心病狂，他说就是那两个人把知念吊在树下的，所以他把他们都杀了，用来祭奠知念。”

青岑正愁没处找线索，这家伙倒自己送上门来了！他站在原地没动，想看看他到底搞什么名堂。

小烟倒是沉着，毕竟这样的场面她已经见惯了：“这位少侠，有话好好说，大热的天，咱们先喝碗酸梅汤，坐下来慢慢聊岂不更好？”

鬼脸人青筋暴突，咆哮道：“少废话，赶快交出知念的尸首！”

原本停放知念尸首的地方已经空无一物，昨晚阿松一直守在这里，可能是他怕天气炎热，早早地将尸首转移到别处去了。

“我说少侠，你要的可是知念姑娘的尸首，又不是家具，怎能说搬就搬？咱们得走个程序不是？再说，知念姑娘是我们云韶府的人，落叶归根，理应由我们处理她的身后事，就这么贸然交给你，我们怎么跟上头交代啊？”

鬼脸人的双眼仿佛要喷出火来：“交给你们？不就是你们害死她的吗？你们把她害死了，又吊到树上示众！光是示众还不够，你们还要把她活活烧死！知念落在你们手里，怕是连个全尸都捞不着！”

原来如此，死在巷子里的两个男人吊起知念，正要将她焚烧，谁知松油只倒了一半就被鬼脸人发现，取了他们的性命，这样一来就说得通了。

蓝玉烟道：“这里面肯定有什么误会，你先把刀放下，咱们有话好好说！”

鬼脸人怀里一直安静哭泣的姑娘突然情绪激动，放声大哭，冲着前方大喊道：“薛大人，快救我！我害怕！”

青岑闻声回头望去，只见薛淳不知何时出现在院门口，脸色铁青。

薛淳穿过人群，在蓝玉烟身旁站定，冲着鬼脸人怀里的姑娘道：“苓儿别怕，有我在，没人敢伤害你！”又转向鬼脸人，问道：“告诉我，你想要知念的尸首做什么？”

“葬了她，让她入土为安。”

“仅仅如此？”

“你只管交出知念，少在这里废话！”

“知念七岁就进了云韶府，我一直把她当成亲骨肉，你可以问问在场的所有人，这十年里我是否亏待过她一分一毫？她死了，我必会将她风光大葬，什么时候轮到你这畜生抢着葬她？你也配！”

鬼脸人咆哮道：“姓薛的，少在这里花言巧语，你这云韶府里藏着多少见不得人的勾当，你自己心里有数！你等着，我料理完知念的后事，就把你们这帮狗官统统赶尽杀绝！”

他拖住怀里的女孩，猛地退后半步，冷笑道：“我的同伙已经在云韶府四周埋了火药，黄昏时，我若是拿不到知念的尸首……你们就都去给她陪葬吧！”

此话一出，满庭哗然。

薛淳显然没料到鬼脸人会丧心病狂到这种地步，正愣怔着，一直跟在他身后的阿松上前道：“知念姑娘的尸首已经被我们移至阴凉处，现在正值酷暑，放在外面不好保存。”

鬼脸人似乎在强忍泪水：“你们把她放哪儿去了？地牢里？”

薛淳道：“地牢早已弃用，知念的尸首现在在后院东厢房，我已经派人把城里能买的冰块都买了回来，但也坚持不了多久。”

鬼脸人吼道：“那还等什么，还不赶快把她下葬！”

蓝玉烟和青岑忽然异口同声地道：“使不得！”

众人都吓了一跳。

蓝玉烟转头瞧见青岑，青岑也远远地看了她一眼，几步穿过人群，挡在她面前。

青岑道：“你方才也说知念姑娘死得不明不白，越是这样，我们越不能草率，若是将她草草下葬，只怕会遗漏了线索。”

“你是谁？想干吗？”

“我是谁不重要，重要的是查出知念的死因，不能让她枉死。昨夜仵作来查，结果不尽如人意，我们还得再做进一步调查。”

“进一步调查是什么意思？难不成你还想给知念开膛剖腹？”

“万不得已的时候，确实得如此。”

听了这话，众人皆是一惊，连薛淳和阿松都吃惊地看了青岑一眼。人群里有人发出轻声的哭泣——看来大家都没有这个心理准备。

鬼脸人大怒，破口大骂道：“你们是在耍老子吗？都给我听好了，日落之前，我见不到知念，咱们就一块死吧！”

薛淳突然说道：“好，我答应你。我现在就安排人将知念下葬，你先把苓儿放了再说！”

鬼脸人不依不饶，讨价还价："不行！等你为知念立好了碑，我再放了她！"

方才推搡争执间，苓儿的脖颈处不慎被匕首擦伤，不停地往外渗血，此刻她已经虚弱至极，眼瞅着就要昏厥了。

双方正僵持不下，蓝玉烟忽然上前一步道："用我做人质吧，我来和她换。"

鬼脸人像见了鬼一样，一脸难以置信。

蓝玉烟信口胡诌的本领又在这种紧要关头发挥了大用处："这姑娘是我的妹妹，她若是有个三长两短，我也少不了挨一顿毒打！你不信？不信你看！"

她故意露出脖颈上的瘀青，凄然道："我自打来了这云韶府，就没少挨打，真被打怕了，反正横竖都是一死，还不如让少侠你成全了我！"

蓝玉烟见鬼脸人犹疑迷茫，趁机上前一步，一把将苓儿从他怀里扯出来，平静地道："来吧，本姑娘说话算话，现在，我是你的人质了。"

蓝玉烟这番举动，不要说鬼脸人，就连薛淳和云韶府的一众姑娘都吓傻了。她的语气如此稀松平常，仿佛不是去做人质，而是在说"来吧，咱们交个朋友"。

青岑按捺不住，正要上前，被南初一把拽住，悄悄使了个眼色，意思是说，要以大局为重。

就在青岑愣怔的间隙，鬼脸人反应过来了，他凶狠地将蓝玉烟拖进大厅的角落，勒令薛淳："我就在这里守着，直到你们安葬了知念为止！闲杂人等都给我退下，老子看着烦！"

众人闻言，纷纷作鸟兽散，只有青岑没走，他站在门口，极力克制着想杀人的冲动。

鬼脸人朝他咆哮："你为什么不走？"

蓝玉烟压低了嗓音劝他："兄台，我劝你别惹他，这人脾气不好。就让他在那儿站着吧，反正也不耽误咱们的事，你要嫌他挡了光亮，让他往旁边挪挪就是了。"

鬼脸人听了这话便不言语了，倒不是惹不惹得起的问题，只是怀里的这个姑娘实在太怪异了，这可是凶残的绑架现场啊！她这副气定神闲的状态简直太不把他这个绑匪放在眼里了！

“你老实告诉我，你脑子没病吧？”他问她。

这话发自肺腑，一点儿嘲讽的意思都没有。

“我的脑回路确实有些异于常人，但也不能算作是病吧。”她回道。

这话有一说一，一点儿敷衍了事的意思都没有。

青岑眼睁睁地看着这二人你来我往，利用绑架之便探讨精神相关的疾病，一肚子的无名怒火不知该往何处发泄。

另一边，阿松跟着薛淳一道，快马加鞭地操办起知念下葬的事宜，所有习俗规矩一概免了。

二人结伴去城里的棺材铺挑了副现成的棺木，匆匆安置了知念的尸首。

南初和云韶府里一众妹妹也分头去为知念准备装殓的寿衣。

知念的老家在福建，若是将她的尸首葬在老家祖坟，来去光是耗在路上的时间就得数月。

薛淳的老家在河北，将知念葬入他家祖坟倒也说得过去，只是河北虽然近些，但是往返也要十天半月，也不符合鬼脸人的要求。

无奈之下，薛淳只得在城郊择了一块墓地，草草地将知念安置在那里了。

从入殓到下葬，不过用了一天一夜。

青岑一直紧守鬼脸人和蓝玉烟，片刻也不肯离开。

鬼脸人的目的已经达到了，他应该马上放了蓝玉烟。但青岑不会放他走，巷子里的两个男人是他杀的，他是凶手，得坐牢。

云韶府的人也不打算放鬼脸人走，他们第一次办理如此潦草寒酸的丧事，葬的却是他们昔日最疼爱、敬重的知念，何况知念又死得这样不明不白，所有这些无处发泄的怒火，都一并算到了他的头上。

蓝玉烟也不想让鬼脸人走，他既然和知念相识，应该知道很多线索，就这么放了他，损失岂不是太惨重了？

而且蓝玉烟知道鬼脸人压根儿没有什么所谓的同伴，也并没有在云韶府安置火药，不过是在唬薛淳，好让他尽快着手办理丧事。

蓝玉烟昨夜第一次发现鬼脸人的踪迹时，他就是单枪匹马，他应该是独来独往，不屑与人为伍的那种人。

鬼脸人似乎也对蓝玉烟充满好奇，他好奇她为什么不怕他。

蓝玉烟告诉他："等日后有机会再告诉你这里面的缘由。"

她说这话的时候，薛淳已经为知念立好了碑，带着人从城郊快马加鞭地赶回来了，众人将大厅团团围住，他们要看薛淳如何处置鬼脸人。

青岑站在最前面，他远远地看过来，看不清脸上的神色，但蓝玉烟能感受到他冲天的怒火。

他明明再三叮嘱她不要蹚进这潭浑水，她到底还是来了，冥冥之中像是有一股无形的力量在牵引着她，躲都躲不掉。

现在他铆足了劲儿要好好收拾鬼脸人，那把寒光毕现的匕首悬在他心上整整一天一夜，他的忍耐已经到了极限。

可鬼脸人并没有给青岑处置自己的机会，他在第一时间放走了蓝玉烟，将她推进青岑的怀抱。

他没有要逃的意思。

他环视众人，平静道："你们当中，有谁和知念素日交好，记得明年清明帮我去给她扫扫墓。我地下有知，会感激各位的。我杀了人，现在到我偿命的时候了。"

他举起匕首，狠狠刺向自己的心脏。

三

鬼脸人当然没死成。

有青岑和阿松这样的绝顶高手在场，他想杀人难，想自杀更难。

更何况他还是重要的目击证人，也是唯一到过知念死亡现场的人，青岑绝不会这么轻易让他死掉。

鬼脸人彻底放弃了抵抗，他好像已经心如死灰，对一切都无所谓了。

薛淳要将鬼脸人扭送衙门，青岑提议不如就近关在云韶府，省去了烦琐的程序，也便于查案。

可云韶府里并没有专门关押犯人的场地，薛淳一时也想不出合适的地方。

青岑一直困惑地牢究竟因何缘故被弃用，只是觉得眼下时机不妥，便没多话。

谁知蓝玉烟凑上前来，脆生生回禀道："大人，您不记得了？云韶府后巷还有几间厢房空着，可以把他关在那里啊！"

薛淳这才想起这个英勇救人的小姑娘还在这里。

他见这姑娘生得娇俏动人，伶俐机警，一双紫葡萄般的大眼睛骨碌碌乱转，毫无怯态。

薛淳见了心中欢喜，笑道："难为你脑子灵光，还记得这个！那儿确实有间屋子还空着，就在青岑大人的住处旁边，来人，将这小贼带过去关押！"

说罢，他回过身来打量着蓝玉烟，慈爱道："方才忘了问你，你是从哪儿来的？叫什么名字？我怎么从来没见过你？"

一旁的青岑心想，真是怕什么来什么，他冷冷道："谁知道是从哪儿冒出来的野丫头，还不赶快回家，让你爹娘发觉你乱跑，小心挨打！"

谁知蓝玉烟顺势往地上一跪，抱住薛淳的大腿道："求大人收留我！我无家可归，无处可去，昨晚我悄悄在后巷的空屋里躲了一夜，今早恰巧撞见有人被劫持，顺便进来搭把手，也算是咱们有缘！我保证不给大人添乱，只要有个栖身之所，有口热汤喝就行。”

薛淳一愣，有点儿意外。

凡是被云韶府接收入籍的，不管出身如何，来路都是清楚明了的，像蓝玉烟这种从天而降的，着实少见。

薛淳本想按规矩办事，但又念着她今早英勇救人的事迹，一时有些犹疑不定。

这时候，南初站出来表态了。

这两日，云韶府里接二连三地出事，府里上下乱成一片，姑娘们无论长幼，只知道悲伤哭泣，唯有南初出乎意料地冷静。

她走过来悄声提醒薛淳：“大人，还是问清楚些再决定她的去留，以免以后节外生枝。”

她打量着跪在地上的蓝玉烟，质问道：“看你这身装扮，并不像无家可归之人。”

蓝玉烟不由得抬头看了她一眼，心中暗想：这姑娘倒是心细。

可这丝毫不影响她发挥瞎话张口就来的技能：“这位姐姐，是这样的，我此前跟随爹娘来京城投奔一个远亲，谁知远亲搬走了，我爹娘又染上了瘟疫，病死在客栈，那家黑店盗走了我的盘缠，昨晚实在累极了，就躲进了后巷的空房。您看，我颈后这片瘀青，就是在黑店和贼人争夺盘缠时受的伤。”

南初半信半疑，还想再追问细节，薛淳摆手道：“罢了，我见这孩子怪机灵的，今早她又冒死救人，光凭这一点，咱们就该好好答谢人家。我看就先让她在这住下吧！青岑，你意下如何？”

青岑无视蓝玉烟乞求的眼神，道：“我认为最好还是过些日子再让她住进来，现在这里发生了命案，若有新人进来，影响了进度不说，总归不大安全。”

南初原本也反对让蓝玉烟住下来，这姑娘太爱表现，不招人喜欢，可她听青岑这么一说，不乐意了：“青岑大人，您这叫什么话？她住进来不安全，我们在这里住了十多年的姑娘们就安全了？”

青岑自知失言，忙要补救，蓝玉烟佯装虚弱状，捂着胸口道："一早上没吃东西了，这会儿头晕晕的，还有点儿想吐！"

她疯狂地朝青岑使眼色，叫他住嘴，别再给她使绊子。

南初更是不依不饶，道："青岑大人，云韶府的大事自然由您和薛大人做主，我一个姑娘家插不上话，可是云韶府该让什么人进来，让什么人出去，这一点，我还是比您有发言权的！这位姑娘救了苓儿一命，我们理应按贵客的待遇款待她，我看，就暂且让她在这儿住几晚，日后再做打算也不迟。"

南初说得铿锵有力，不容人分辩，她瞅着青岑，那意思是在警告他：谁叫你当初让我下不来台？现在让你尝尝无视我的滋味！

青岑只好闭上了嘴。

薛淳道："罢了，罢了，这么点儿小事也值得在这里争执一番？快把这位姑娘带去吃点儿东西吧！"

蓝玉烟大喜过望，乖乖跟在南初后面，经过青岑身边时，冷不防朝他做了个鬼脸。

青岑眼睁睁地看着她消失在回廊尽头，却无可奈何。

薛淳把青岑带去了书房，说有事要交代。

他的书房简朴素净，除了公文就是书籍，倒是比较符合他无欲无求的个性。

薛淳一脸疲态，看来这一番风波把他折腾得不轻：

"知念死得太突然，这打击对我来说已经巨大，现在又把她葬得这么潦草寒酸，我这心里实在难受。"

青岑劝道："知念姑娘在天有灵，会明白大人的苦衷的。这两天事太多，需得从长计议，大人若觉得累，不妨先休息几天，案子交给我和阿松就可以了。"

薛淳道："我叫你来正是想说这件事。当年我妻女病故，我几乎三魂丢了七魄，知念这一死，倒把我陈年的伤痛给勾起来了。我有好些日子没回去为妻女扫墓了，正好趁这个机会回去看看她们，也顺便调养一下精神。只是，云韶府这边，少不得要让你多操劳费心了！”

青岑道：“薛大人哪里话，这是晚辈职责所在。”

二人商议好，薛淳便将官印、文书等翻找出来，一并交给青岑保管。

翻找的间隙，青岑忽然看见书架角落放着一枚精美的金鹤镇纸，一看就价值不菲，和这间古朴的书房实在不搭。

薛淳见了，笑道：“这是几年前扶桑国的泉花泷王爵送我的小礼物，我不收，他还不高兴，只得摆在这里。前段时间他专门给我写信，说过阵子要来我这里检查它在不在呢！你说说，这东西摆在我这屋子里是不是太扎眼了？”

青岑忙道：“哪里话，既是礼物，确实应该好好珍藏。”

薛淳又详细交代了一些日常监管的细节，直到天色将晚，青岑才从书房出来，原本还想找个借口去小烟的住处略瞧一瞧，眼下这时辰却不大方便，只得等明早再做打算。

四

蓝玉烟跟着南初吃了一顿饱饭，原以为一切顺利，南初却出其不意地给了她一个下马威。

南初声称给蓝玉烟安排了整个云韶府最上等的房间，到了一看才知道，那是知念生前住过的房间。

蓝玉烟不知她是有心还是无意，也不敢追究，只得乖乖听从她的安排。

这个南初，当着薛淳和青岑的面就敢和她对峙、叫板，眼下离了他们的视线，更加无所忌惮，一上来就警告她："当着薛大人的面，我已经和你说得清清楚楚，只是暂且收留你几日，并不会让你长住，你可明白？"

蓝玉烟只好点点头。

南初自报了年龄，又特地强调："我比她们都年长，日常负责照看她们的饮食起居，监督她们习舞操琴。不知姑娘尊姓大名？"

蓝玉烟道："我和南初姑娘同龄，至于名字，我爹娘已死，眼下我无家可归，不如南初姑娘给我起个新名字吧。"

南初惊讶道："为何？"

蓝玉烟道："一个姑娘家，离了父母故土，指不定要受多少磨难，倘若过得不好，闯了祸，辱没了祖宗名声，岂不是大不孝？我改了新名，一来可以省去这些麻烦，二来预示着新生活的开始，这不是两全其美的好事吗？"

南初想了想，道："听你这话还颇有几分道理，那……就叫你合欢吧！"

蓝玉烟立刻道："合欢拜谢南初姑娘！"

南初见她这份机灵劲儿实在难得，面色不由得缓和不少，道："过几天我慢慢审查你的底细，若是合格，你才能名正言顺地住进云韶府。你这性子倒是合我的意，只是不要太张狂了才好。"

蓝玉烟立刻道："南初姑娘实在是抬举我了，我这种粗莽之人，不闯祸已经是烧高香了，日后还得请南初姑娘多多指教！"

二人正说着话，忽然一只云雀从窗外飞了进来。

知念的屋子里遍是鲜花，桌上、窗台上、墙角立着的青花瓷瓶里，都是新折的鲜花。她生前最爱鲜花，现在她尸骨未寒，府里的妹妹们为了缅怀她，照旧帮她采了鲜花来。

这扑棱棱乱飞的小家伙就是被这浓郁的花香吸引来的，它摇头晃脑，机警可爱，绕着屋内扑棱了几圈，径直落在了房梁上。

蓝玉烟为表现自己勤快有眼力，立刻抄起扫帚追打那只小云雀，小云雀受了惊，在屋里一顿乱窜，偏偏不肯飞出去。

南初见状拦住她道："算了，别赶了。"

她看着云雀可爱的模样，脸上竟露出罕见的笑容，喃喃道："这是阿兰雀，闯进人家屋子里不肯出去，是喜兆呢！"

阿兰雀？为何听起来如此耳熟？

蓝玉烟反应了一会儿，想起来了，多年前她跟随父亲去福建沿海一带探望父亲的师父，借住在一位农夫家里，那家里的老婆婆就管这种硬闯进人家屋子里的云雀叫作"阿兰雀"。

蓝玉烟道："你这么一说，我也想起来了。一般只有老人家才会相信这种可爱的征兆。"

南初有些出神，喃喃道："我乳母年纪倒不老，但她也信这个……"

话一出口，她就知道失言了，埋怨蓝玉烟道："你哪里来的这么多话？刚才还觉得你伶俐，真是不经夸！"

蓝玉烟也不知道自己说错了什么，只得顺着她的话作揖赔礼："怪我话多了，南初姑娘别生气。"

一弯腰，一个如意香囊从她怀中掉了出来。

那是蓝玉烟为小英准备的生日礼物，赶上她发烧，这礼物就没送出去。房梁上那只阿兰雀闻见异香，俯冲下来要抢，蓝玉烟忙把香囊抢过来塞进怀里，宝贝似的道："这东西可不能给你，这可是生日礼物。"

南初已经走到门口要离开了，听见这话忽然定住了，转过身来问她："你说什么？什么生日礼物？”

她的眼神有些可怕，像是听见了什么骇人的消息。

蓝玉烟心里直犯嘀咕，她常听皇后婉缨说宫里规矩多，因为女人多的地方好生事，所以管得就比别处严格，一般不准私藏这些女儿家的小玩意儿，怕惹出事端，可这个如意香囊是她沿街一间铺子一间铺子精心挑出来的，就这样白白上交，实在心疼。

情急之下，蓝玉烟只得扯了个谎：“南初姑娘，这个如意香囊我能自己留着吗？这是我娘临死前给我缝制的礼物，只可惜她没等到我过生日，只留下了这份念想……”

南初厉声打断她：“你过生日？你几月的生日？”

蓝玉烟被她的气势吓住了，下意识地回道：“七……七月，农历七月。”

南初脸色大变，颤声问道：“农历七月几日？”

蓝玉烟不明就里，怔怔地回道：“好像是前天，对，就是前天。”

南初大骇：“你是农历七月十五的生日？”

前天是农历七月十五吗？她顺口胡诌的，可南初为什么反应这么大？她小心翼翼地问道：“怎么，农历七月十五过生日犯法吗？”

南初惊魂未定，在屋子里来回踱着步，也不回答蓝玉烟的话，她突然想起什么，站定了，问蓝玉烟：“你在京城没别的去处了？可还有靠得住的亲友？”

蓝玉烟摇摇头，她就是奔着云韶府来的，怎么可能还有别的去处？

她又试探着问：“是不是我生辰八字不吉利？若是云韶府里有这些忌讳，我就瞒着众人，不说出去便罢了！”

南初钳住她的肩膀，斩钉截铁道：“你必须得瞒住，瞒得死死的，绝不能让任何人知道你的生辰就是农历七月十五，听明白了吗？”

蓝玉烟点头道：“明白归明白，可，我能不能问问为什么？”

“不能！”南初忽然咆哮道，“打你从天而降，我就知道不是什么好兆头！总之，你什么都不要问，什么都不要管，明早睡醒了，吃过早饭赶紧走，多一天都不能待！”

蓝玉烟见她气势汹汹，吓得不敢言语，任由她发泄。

房梁上的阿兰雀却没有蓝玉烟的眼色，它不知好歹地飞过来，在南初身边不住地盘旋。

刚刚对它还和颜悦色的南初此刻不耐烦道：“什么破鸟，什么喜兆，都是唬人的！”

她似乎费了好大的力气才让自己平静下来。

临走前，她再次警告蓝玉烟：“两件事，记住了！第一，不要告诉任何人你的生辰。第二，明早睡醒吃饱，赶紧走人！”

说罢，南初摔门而去，留下蓝玉烟一人傻呆呆地站在原地。

说好的把她当成贵客款待呢？一上来就没好脸色也就罢了，搞得这么神神道道、玄玄乎乎，实在让人好奇心爆炸呀！

换作旁人，被这么一吼一吓，怕是早就连滚带爬地逃了。

可蓝玉烟是什么人？这对她而言简直就是一剂提神醒脑的猛药，让她整个人都振奋了。

农历七月十五日，这个日子究竟有何玄机，既不能让人知晓，又不能留在云韶府？

谜题越难解就越有挑战性。

待兴奋劲儿过了，蓝玉烟才反应过来，自己此刻身处知念的闺房，这里面多少都会藏着些线索，此时不翻，更待何时？

那只没眼色的阿兰雀仍旧不知好歹地站在房梁之上，那双黑豆般闪闪发亮的小眼睛审视着屋子里的一切。

它是这间屋子的常客吗？

如果它是，那么它应该比任何人都清楚这间屋子里发生过的事，它可能洞悉一切，知晓所有真相。

也许它真的是一个喜兆，它的到来，会成为破解知念死因的一个契机。

第四章 子夜歌

原来人世间的罪大恶极，是偷走一个人的心。丢了金银，人还活得下去，可丢了心的人，除了一缕未散的魂，什么都不剩了。

一

蓝玉烟从不迷信所谓的吉兆，但那一晚，阿兰雀确实给她带来了好运。

阿兰雀一直不肯走，在屋里乱飞，吵得蓝玉烟没办法好好思考，便竭力想把它赶出去。

它躲到了床下，蓝玉烟去追，一弯腰，发现了藏在那里的一枚锦盒。

锦盒里装着半张被焚毁的画稿，画上是一个身姿绰约的俏丽女子，被烧得只剩下半截身子。这画的画风美艳清奇，颇有异域风情，蓝玉烟见过一些东洋画作，和这半幅画的气质很是接近。

这画上的女子是谁？为何要烧掉一半，又将它藏在床下？

蓝玉烟翻来覆去地琢磨，一般人不会将别人的画像珍藏在自己房里，这画上的女子，十有八九是知念本人；画烧掉了一半，可见画的主人在焚烧过程中有了悔意，所以只留下了一半；藏在床下是怕人觉察，若是自描自画，自然不需要遮掩，可见这画并非出自知念之手。而且画上的女子眉目含情，灵动传神，画者若不是饱含深情，是达不到这样的效果的，极有可能，这位画者是一个不便公之于众的人——一个男人。

要是蓝玉烟没猜错，这半截画稿可能是一份定情的信物，知念想毁了它，又下不了狠心。

只是，画者会是那个用刀挟持她的鬼脸人吗？

不像，那家伙的气质比较像杀人犯，感觉画画对他来说难度巨大。

蓝玉烟将半截画作仔仔细细看了一遍，记在心里，看完又将锦盒放回原处。

她站起身，认真地环顾四周。

南初没撒谎，知念这间屋子的规格确实数一数二，几乎和她闺房的规格不相上下，但她可是名正言顺的公主，知念作为一位落难小姐，能享受到这种级别的待遇，实属不易。

可见薛淳是真的宠爱知念，可是蓝玉烟也很好奇，宠到这种地步，薛淳难道就不怕招其他姑娘嫉恨吗？

虽然只见过短短一面，但薛淳给她的印象是谦逊低调，老成沉稳，他给予知念如此高调的宠爱，和他的做事风格实在有些不相符。

蓝玉烟一边胡思乱想，一边歪倒在床上，她这几天都没有好好休息，实在太累了，一挨着枕头就睡着了。

这一觉睡得极深沉。

半梦半醒间，她似乎听到了一阵缥缈的歌声，那歌声若有似无，从空中、地下，四面八方汇聚而来，像一层薄纱将她轻轻围住。

她挣扎着起身前去探寻，忽见前方出现一道殷红的倩影，她只觉得那背影看上去眼熟，便壮着胆子问道："敢问来人可是知念姑娘？"

那殷红倩影也不答话，兀自向前疾走。

两旁的路越走越暗，越走越窄，似乎走进了一个黑不见底的深渊，蓝玉烟急得大喊："知念姑娘，请等一等我！"

那殷红倩影猛然停住，转身，赫然露出惨白的面孔……

蓝玉烟猛然惊醒，背后不知何时已被冷汗浸透。转头，窗外是一轮皎洁如玉盘的明月，四周万籁俱寂，压根儿没有什么缥缈的歌声。

离天亮还有一段时间，但蓝玉烟彻底睡不着了。

她心里不安生，老觉得有事要发生，翻来覆去折腾了一会儿，索性坐起身，悄悄出了门。

鬼脸人此刻就关押在后巷的空屋里，不知境况如何。白日里人多眼杂，她无法接近他，眼下正是好时机。

她悄悄出了房门，穿过前院，从月亮门内穿了过去。

二

空屋里亮着烛光，他们竟然都还没睡。

“你一直滴水未进，怎么，还是一心求死吗？”是阿松的声音。

青岑道：“如今知念姑娘已经被安葬，我们无法从尸首中提取线索，你和她生前有过接触，又是亲眼见过案发现场的人。你也知道她死状离奇，需要大力调查，为何不好好配合我们早日查清楚真相？”

屋内一片寂静，鬼脸人没说话。

蓝玉烟点破窗纸，正瞅见鬼脸人仰躺在草垛上，像是死了一般。

青岑又道：“好，那我们让凶手就这么逍遥法外，不查了。”

鬼脸人闭着眼，幽幽道：“要我配合可以，把那个蓝衣姑娘找来，有话，我只同她讲。”

蓝玉烟心中一惊，他们也不熟啊！为何偏要找自己？

青岑背对着她，她看不清他的脸，但能感觉到他周身的气场，那气场她是熟悉的，从前她每一次身处险境，或是受了欺负，青岑就会散发出那样的气场。

那是他“大开杀戒”前的征兆。

她听见青岑冷冷道：“你拿刀威胁她整整一天一夜，这笔账我还没和你算呢。”

鬼脸人睁开眼，冷笑道：“我威胁的是她，和你有什么关系？怎么，难道你们两人的关系非同一般……”

话音未落，他脸上已经挨了重重一拳。

青岑将他整个拖起，拳拳到肉，眼看着鬼脸人被打得近乎昏厥，阿松看不下去了，制止道：“够了青岑，你这是怎么了？这不像是你的做派！”

鬼脸人倒在地上，像头虚弱的野兽在缓缓蠕动。

青岑的脚踩在他身上，道：“你想死，我可以成全你，但你若是敢打她的主意，我保证让你生不如死！”说罢，一脚踹开房门，拂袖而去。

蓝玉烟赶紧将身子藏在暗处，看着青岑余怒未消的背影消失在月亮门内，心中五味杂陈。

青岑很少这样暴怒，他的每一次暴怒都是因她而起。

若不是因为她，他将是世间最温文尔雅的谦谦公子，一个人的温柔仁慈是有限的，他都给了她，留给旁人的只剩下无情，这样的全心全意，她真的配得起吗？

三

蓝玉烟心事重重地往回走，冷不防和一个人迎面撞了个满怀。

那姑娘脖颈处缠着纱布，蓝玉烟想起来了，她就是当日被鬼脸人挟持的那位苓儿姑娘。

苓儿姑娘也认出了蓝玉烟，上来就是深深一拜："多亏姐姐出手相救，不然，我只怕也跟着知念姐姐去了！"

蓝玉烟赶忙将她扶起，二人一同在紫藤花架下坐下。

苓儿问蓝玉烟："姐姐为何起得这么早？"

蓝玉烟道："睡得不好，起来随便逛逛。"

她见苓儿一脸倦容，似乎一夜未睡，关切道："你怎么也不多睡会儿？你看上去很累。是不是受了惊吓睡不着？别怕，那鬼脸人被关押着呢，没人敢再伤害你了。"

苓儿摇摇头，似乎有难言之隐，道："姐姐做好准备，等天一亮，吃过早饭，可能得在潋滟池里沐浴。"

"沐浴？"

苓儿点头道："对，昨晚我亲耳听见薛大人吩咐南初姐姐的。看来，他是想把你留下来。"

怎么会？南初不是已经明确下了逐客令，要她今早吃完饭就滚蛋吗？

想必是这主仆二人没商量好，可薛淳毕竟是大人，南初再怎么不愿意，也不敢不听他的。

蓝玉烟心里稍稍放松了一些，能让她继续留在云韶府就是好事，也省得她费力纠缠了。

只是，潋滟池是什么地方？沐浴又是哪门子的规矩？

苓儿对此一一做了解答。

据她说，每位初进云韶府的姑娘都要遵从这里的习俗，说是习俗，其实更像是一种规矩、一项制度，是需要每个人严格遵守的。

第一项制度是要进到潋滟池里沐浴，第二项制度是喝下一碗合欢汤，寓意“洗去前尘，忘掉过往，斩获新生”。

沐浴、喝汤可以让云韶府的女孩子们变得清爽优雅，大家都很推崇这两件事，慢慢地就发展成为一种规范的制度了。

苓儿比知念和南初晚两年来的云韶府，比她们小两岁，她爹原是个五品文官，犯了事，全家被流放到边陲之地，苓儿被薛淳看中，把她留在了云韶府。

苓儿知书达理，行事稳重，和知念私交甚好，知念病重的那些日子，她比南初照顾得体贴周到，也因为懂事，常帮南初分担一些府里的日常事务。

蓝玉烟一见苓儿也甚是喜欢，这姑娘举手投足间，处处透着聪明懂事。二人很投缘，聊了大半晌，不知不觉间，天就亮了。

苓儿带着蓝玉烟吃过早饭，在云韶府四处转了转，熟悉了一下各处的环境。

一般招待重要官员和客人都在正厅，那里只在开设酒宴时开放。姑娘们日常习舞练琴都在偏厅，众人把那里称之为“霓裳厅”。

霓裳厅的下方就是潋滟池，设在地下，那里原是云韶府的地窖，中间被一道石墙拦住，一分为二，现在另一半被封住了，只留下一半用作浴堂。

苓儿陪着蓝玉烟卸好妆，换好衣服，带着她穿过一条长长的暗道，穿过霓裳厅的后门，来到东南角一道不起眼的木门前，轻轻推开，一股潮湿温热的空气顿时扑面而来。

她们顺着吱呀作响的楼梯沿阶而下，走到楼梯尽头，掀开两扇门帘，忽见水汽袅袅升腾，好似云雾一般，不远处传来女孩子们嬉笑打闹的声音。

潋滟池原本只在晚间开放，姑娘们练了一天的功，睡前洗去一天的汗渍，也能睡个好觉。

后来南初开始整顿纪律，大力提倡早起练功，有些勤奋的姑娘就会早早起床，赶在早饭之前练上一会儿，南初为了奖励她们的勤奋，晨间也开放了潋滟池，但只有那些早起练功的人能享用，偷懒懈怠的就没这个资格。

苓儿伸手扶住蓝玉烟，叮嘱道：“姐姐把鞋子脱了放在这边，小心慢走，这里路滑。”

蓝玉烟赤脚走在湿滑的鹅卵石上，缓缓走进云雾深处，眼前豁然开朗：原来这地下竟别有洞天，藏着一座气派的浴堂。

浴堂四周都挂着明角灯，中间是一个大理石砌成的长方形浴池，池内水质清澈，散发着氤氲的水汽，水面上密密匝匝漂浮着红色和粉色的花瓣，姑娘们或在池中嬉戏，或在池边说笑聊天。

浴堂三面皆是鹅卵石砌成的石墙，唯有西南角方向的那面石墙上有图案，那是一面由不同颜色的石头拼砌而成的长寿仙鹤图，上面是三只栩栩如生、气宇轩昂的仙鹤。

蓝玉烟驻足观看，不由得赞叹道：“不知这三只仙鹤是谁建造的？品位着实不俗，而且这位设计者一定很有钱，打造这样一面壮观的仙鹤石墙，肯定得花费不少银子吧！”

苓儿道：“这面石墙早在云韶府设立之初就有了，我们也不知道是谁建造的。”

苓儿催促蓝玉烟抓紧时间沐浴，若是磨蹭久了就会挨南初姐姐的骂。她帮蓝玉烟将长发绾成高高的发髻，又帮她褪去身上的衣物，扶着她缓缓滑进池内。

真是白天不说人，晚上不说鬼，沐浴刚开始没多久，南初就到了。

南初一张脸拉得老长，离得老远就感受到了她身上的怨气。

此时蓝玉烟已将全身衣物褪去，整个人浸在水中，这场面实在尴尬，方方面面都很尴尬，人家已经毫不客气地撵她走了，她赖着不走不说，还光着身子泡人家的浴堂。

转念一想，这浴堂又不是她南初一个人的，这是公家的财产，她有什么使不得的？

可即便这样想着，蓝玉烟的气势也是弱弱的，南初全副武装站在池边，监玉烟手无寸铁地浸在水中，这地形先天不利。

南初高高在上，一脸傲慢地看着她："薛大人昨晚特地嘱咐我，叫你在这里多住几日，还特地批准你来此沐浴，既是这样，我也不好违抗，不过你不要高兴得太早，这个地方，只怕你待不长久。"

众人见她动怒，都不敢怠慢，方才还欢声笑语的浴堂立刻变得肃然寂静。

蓝玉烟默默地背过身子，一声不敢言语，好汉不吃眼前亏，就算要同她理论，也得等穿上衣服再说。

她本以为，南初特地跑来给她一个下马威，发完师令也该走了，一转头，见她仍气势汹汹地盯着自己。

南初质问她道："昨晚交代你的事，可还记得？倘若你说走了嘴，我立刻叫你卷铺盖走人！"说完，又转向苓儿道："你跟我来，去给咱们这位'贵客'挑几件干净衣服来！"

她一走，浴堂内又恢复了先前的欢声笑语。

好几个热心肠的姑娘凑过来，安慰蓝玉烟道："合欢姐姐别生气，南初就是那个样子，习惯了就好了。"

蓝玉烟注意到，她们叫她"南初"，不带"姐姐"二字，可见南初十分不受待见。

另一个道："她在我们这里出了名的脸酸心硬，得罪她的人都没有好果子吃，我们都躲她远远的。"

"知念姐姐活着的时候，她还能收敛些，现在知念姐姐一死，她就变本加厉了。今天她心情特别不好，你们可知道是为什么？薛大人要回乡给妻女扫墓，她巴巴地跑去献殷勤，要为他张罗一桌送行酒，薛大人却一口回绝了，说是心里惦记着知念，一口也吃不下。今早他将文书官印都交给新来的青岑大人保管，即刻带着两个随从出城了。"

"怪不得！知念姐姐就算死了，南初在薛大人心里也排不上号！"

"谁说不是？我看她呀，就是白折腾，那个新来的青岑大人也不待见她，你们忘了酒宴之上她出的洋相吗……"

众人一阵嗤笑，笑得蓝玉烟一怔，脱口问道："酒宴之上出了什么事？"

众人朝她挤眉弄眼道：“反正特别精彩，等日后姐姐在这里住下了，我们再细细讲给你听。”

她就知道，把青岑这样的男人放到这群姑娘堆里，不可能风平浪静，无是无非。

蓝玉烟正要追问，其中一个姑娘像发现了宝贝似的，惊叫起来：“你们快看，姐姐胸口处有一颗痣。”

她胸口确实有痣，红豆大小，跟着她十七年了，她不明白这有什么值得大惊小怪的。

那几个姑娘立刻将她团团围住，神秘兮兮的样子，看得她心里直发毛。

一个姑娘问她：“姐姐是几月生的？”

不等她答话，另一个又道：“姐姐若是农历七月生的，那你胸口这颗痣就不是普通的痣，而是福痣！”

福痣？这听起来倒新鲜，第一次听说痣还分福祸。

一个姑娘郑重其事道：“姐姐不知道，在我们云韶府，凡是农历七月出生的姑娘，身上的痣都叫福痣，长了福痣就有好命，以后都有机会被选进宫中，运气好的还能嫁给藩族王子做王妃呢！”

蓝玉烟哭笑不得，这是从哪里听来的无稽之谈？王妃岂是人人做得的？

可她转念一想，这话未必是空穴来风，总得有人先造这个谣，才能在这群姑娘中流传开来。

她不动声色，问道：“那你们可知道，被选中的姑娘最后都去了宫中哪里？宫中何人负责接应她们？又将她们安置在何处？”

皇后婉缨是她闺蜜，若是宫中真选中了这些具备王妃潜质的宫女，蓝玉烟不可能不知道，婉缨早就会当成八卦新闻同她分享。

这一问，众人都被问住了。

苓儿抱着衣服从远处走来，听见她们议论的内容，轻声斥责道：“又在这里说些违禁的话，薛大人不是几次三番警告过你们不准私下里议论这件事的吗？回头叫南初姐姐听见了，又得挨罚。”

听了这话，那几个姑娘彼此吐了吐舌头，这才散开了。

苓儿对蓝玉烟道："合欢姐姐，你别听她们的，都是小孩子家的玩笑话，没有的事。"

蓝玉烟心中疑惑，但也没再追问。

苓儿面有难色，怀里抱着衣服却不肯递给蓝玉烟，犹疑道："这是知念姐姐生前穿过的，不知姐姐是否忌讳？南初姐姐说你在这里住不长久，不叫我给你做新的。"

蓝玉烟挥手道："这有什么！想必知念姑娘也不会穿什么破烂衣裳，你不怕这些好衣裳被我糟蹋了就好！"

片刻，蓝玉烟穿好了衣服，苓儿竟看得出了神。

半晌，她哽咽道："合欢姐姐实在太像知念姐姐了！"

蓝玉烟很想安慰她几句，却不知从何说起。苓儿忍住泪，打起精神道："接下来是喝合欢汤，不知姐姐是否准备好了？"

四

喝碗汤而已，有什么可准备的？

蓝玉烟刚被准许留下来，生怕多嘴惹出事端，只得暗中留心观察。

苓儿道："这合欢汤乃是用花栖巷尾的合欢树上结的花叶，搭配陈年冰糖熬制而成，味道绵香醇厚。合欢味甘，性平，有解郁安神之功效，也可以平和心志，悦人颜色。"

合欢汤的研发者是知念，她对鲜花一向颇有研究。

她说一般人都只当合欢花是吉祥花卉，殊不知，合欢花有"昼开夜合"的习性，别名"夜门关"，也叫"鬼拍手"，它们白日接受阳光雨露的滋养，到了夜晚就合上花叶，像少女般沉沉睡去。云韶府的合欢汤是用花栖巷尾合欢树上结的花朵熬制而成，那些花儿是用那七七四十九名枉死少女的眼泪灌溉而成的，喝了这汤，她们的灵魂就会保佑云韶府的姑娘们平安长大。

喝合欢汤的规矩是当初知念姑娘提出的，薛淳大人见喝这汤也没什么害处，也就随她去了。

既无害处，为何还要特地"准备"呢？

蓝玉烟十分好奇，便问苓儿，苓儿却言辞闪烁，只说自己说走了嘴，不肯正面回答她的问题。她越是这样，蓝玉烟越是起疑，忍不住一再逼问，问急了，苓儿眼中竟泛出泪来。

蓝玉烟只当自己问得唐突了，急忙道歉，苓儿也不说话，也不起身离开，只在那里坐着，一开始只是默默地掉眼泪，后来索性捧住脸轻声哭泣。

"我想知念姐姐……"

蓝玉烟一阵心酸，她忘了知念去世还不到十天，那样活生生的一个人突然从眼前消失了，换成谁都得适应一段时间。

她轻轻搂住苓儿的肩膀，安慰道："知念姑娘在天有灵，也会念着你的。你放心，现在青岑大人和如松大人都在彻查她的死因，很快会查清真相的。"

苓儿哽咽道："可万一查不清楚呢？万一害死知念姐姐的不是寻常人，是宿命，是天意，那又该怎么办？我们都是手无寸铁的凡人，斗不过天，斗不过命。"

蓝玉烟听她这话里似乎有隐情，又怕追问起来再惹她哭泣，只得好言相劝道："你难道没听过'人定胜天'这话？我就不信命，我只信我自己！"

苓儿破涕为笑："合欢姐姐这话听着怎么这么耳熟？哦，对了，好像蓬莱公主也说过这话！"

蓝玉烟大惊："你怎么知道她说过这话？"

苓儿笑道："是茶楼里的说书先生说的，他时常来给我们讲述蓬莱公主的事迹，我们大家都很爱听。"

蓝玉烟道："那你看我和蓬莱公主有几分相似？"

苓儿笑得更开心了："我没见过蓬莱公主，但我觉得合欢姐姐和知念姐姐是真的很像，她在我心里是和蓬莱公主一样尊贵的人……"

苓儿说着，忽然不笑了，脸上一阵恐慌，蓝玉烟转过头去，见南初正面无表情地看着她们。

苓儿自知失言，忙站起身，跟南初解释道："合欢姐姐初来咱们这里，我带着她熟悉熟悉这院子。"

南初冷笑道："我那里堆着那么多琐事，怎么不见你这么热心肠，帮我多张罗张罗？还愣在这干什么？"

苓儿赶紧低头走了，蓝玉烟也站起身来，进退两难。

这一天她穿的是一件月白色的襦裙，正是知念生前最爱的一套装扮，南初冷眼一瞅，不觉大吃一惊，简直和知念太像了！

只有那双眸子不像，知念的眼睛是温柔的、怯弱的，可面前这姑娘的眼神是如此澄澈，没有惶恐不安、怯意，也没有心机，像湖面一样平静。

她看着太不寻常了，但这不寻常放在她身上又是如此妥帖，让人找不出哪里不妥。

蓝玉烟见她盯着自己出神，忍不住提醒道："苓儿妹妹说我该喝合欢汤了，还说这是府里的规矩，若是她腾不出空，我自己去取也可以。"

南初猛然回过神来，道："晚一点儿吧，晚一点儿，我亲自把汤给你端过去。喝了汤，你也该走了。"

又来了，蓝玉烟就想不明白了，她为什么老是想撵她走？她在这里究竟碍着她什么事了？

南初见她不言语，冷笑道："怎么，你不想走？还是你觉得自己和知念有几分相似，仗着薛大人喜欢你，让你留下来当知念的替身？告诉你，云韶府里的姑娘都有骨气，要么就当第一，要么无可替代，从来不兴当什么替身！你但凡有点儿出息，趁早断了这个念头！"

蓝玉烟心想，话都让你说了，正要辩驳几句，一个小姑娘急匆匆跑来，道："南初姑娘，青岑大人叫你去薛淳大人的书房一趟，他找不着咱们的花名册了，想让你帮着找找。"

南初一听，忙道："我这就来！"

转身，她瞪了蓝玉烟一眼，道："你既是我们的客人，也请放尊重些，不要到处乱跑，扰了我们府里的秩序才好！"

蓝玉烟气结，这姑娘讲话真是句句伤人不见血，知念姑娘的性子得多好，才能十年如一日和她朝夕相处而没被气疯？

可强龙到底难压地头蛇，在人家的地盘上，少不得要低眉顺眼，按人家的规矩来。何况这大白天的，人多眼杂，她想查些什么也不好下手，索性回到房里倒头大睡。

五

这一觉睡得倒香甜，蓝玉烟直到黄昏才醒过来。

房门口放着下人送来的午饭和晚饭，蓝玉烟胡乱扒了几口，便等南初给她送合欢汤来，可是左等右等都不见人影，她实在等得不耐烦，便溜出房门，沿着回廊开始四处转悠。

皓月当空，又是一个明亮的月圆之夜。

此刻喧嚣了一整天的院子安静下来，姑娘们陆续沐浴完毕就寝，凝聚了一整天的燥热气息和蝉声渐渐消散了。

蓝玉烟路过一间屋子，见里面透出灯光，探头去看，发现里面坐着的人正是青岑，他正坐在案前聚精会神地核对云韶府的“花名册”。

蓝玉烟心中一动，他既然在这里，那谁在看管关押在他隔壁的“鬼脸人”呢？若是只有阿松一人把守，那便好办，阿松比青岑容易引开。

昨夜鬼脸人指名道姓要见她，说不定能给她透露一些重要线索。眼下正是难得的好时机。

蓝玉烟穿过月亮门，蹑手蹑脚地来到后巷，谢天谢地，阿松竟然也不在住处！

她摸黑钻进了关押鬼脸人的屋子，对方刚要问是谁，就被她一把捂住了嘴。

“是你？”

鬼脸人很快认出了她，但态度不大友好。

“你究竟是什么人？”

“我是谁不重要，你只要知道我不是你的敌人就行了，我和你一样，都站在知念姑娘这边。听说你要找我，现在我自己找来了，你有什么话尽管说吧！”

她有一肚子疑团待解，比如知念为何死前身穿鹤氅？鹤氅上为何有松油？

她又是被什么人绑到两棵合欢树上的？

屋子里黑咕隆咚的，他们都看不清对方的神色，黑暗中弥漫着一股幽香，那是知念的衣服上散发出来的。

“这件衣服是知念的，是她生前最喜欢的一件。”鬼脸人忽然惆怅地说道。

“你连这都知道？”蓝玉烟暗自感叹，可见这两个人关系不是一般好，可她不敢轻举妄动，怕一激动就把这家伙惹恼了，得想办法让他敞开心扉才行。

“她们都说我和知念姑娘有几分相似呢，也算我们有缘。”蓝玉烟干笑几声。

“少在那里吹牛，天上地下，找不出第二个能和她媲美的人！”

蓝玉烟叹息一声：“老兄，坦白讲，我非常理解知念在你心中举世无双的地位，可你也不能一味捧着知念，好歹也给我留一点儿面子呀！”

黑暗中，她听见一声嗤笑，很轻，但很真切。

“你到底是什么人？”

“我说了，不重要。”

“那你究竟想知道什么？”

“把你知道的全都告诉我。”

“凭什么？”

“不是你说的？有话，只同我讲！我自知比不上知念姑娘，可要是我猜得没错，我身上一定有和她相似的地方，不然云韶府里这么多姑娘，你不会偏偏找上我。”

鬼脸人又笑了，这次他笑得比较明显：“你挺聪明，我喜欢聪明的人。我叫你来，是因为我想知道你为什么不怕死，知念也不怕死，我想知道不怕死的人，心里都在想些什么。”

有一股莫名的悲伤在他们四周弥漫开来，黑暗的空气再度变得沉默。

蓝玉烟不再说话，她在静静地等待鬼脸人讲述他和知念的故事。

六

没遇见知念之前，鬼脸人就是个“烂人”。

至少他自己是这样形容的，他什么坏事都做过，杀人、劫盗、绑票，除了女人和小孩，这世上的一切活着的生命都是他的目标，只要能赚钱，任何人都可以成为他残杀的对象。

有一次，他打劫了一个醉酒的富商，被他手下追杀的过程中受了伤，逃进了花栖巷，躲进了云韶府。

他藏身的那间屋子正是知念的闺房。

当时知念正躺在病床上，二人四目相对，那一刹那，若是知念喊一声“救命”，她的命可能就没了，知念会成为鬼脸人今生杀掉的第一个女人。

但知念没喊，她一句话也没说，而是翻出枕头下的锦帕递给鬼脸人让他止血。鬼脸人一生都活在泥沼里，他从没见过那样干净芬芳的锦帕，从没遇见过那样干净善良的姑娘。

鬼脸人在知念的闺房里躲了一整晚，她给他水喝，给他饭吃。有人来，她便帮着他悄悄藏好；人走了，她给他指出逃跑的路线，确保他不被人发现。

后来鬼脸人问知念为什么要救他。

过了很久，知念才回答他，因为他和一个人长得很像。

那人是个贼，他不偷金银，不偷珠宝，他偷走的是知念的心。

后来鬼脸人才明白，原来人世间的罪大恶极，是偷走一个人的心。丢了金银，人还活得下去，可丢了心的人，除了一缕未散的魂，什么都不剩了。

鬼脸人遇见知念的时候，她就是一个美丽的鬼魅，只剩下残破的躯壳，魂魄游离在外，找不到归处。

那个偷心的贼，不在中原，在遥远的扶桑国，他是个年轻英俊的王爵，名叫泉花泷。

那年他来到中原，带了黄金万两，投资了很多生意，云韶府奉朝廷之命设宴款待他，那时候的知念还没病倒，席上，她为他弹奏了一曲，跳了支舞。

三天后，泉花泷王爵派人给她送来一幅肖像画，并跟她约定，此后每年都会在她生辰那天送来一幅她的肖像画，一直到她十八岁。

他答应知念，等到她十八岁，他来带她走，带她回自己的故乡。

鬼脸人说："我知道自己是烂泥里生出的人，可我从不骗人，雇主要人头，我不会给他断手；雇主要卸人胳膊，我不会给他断脚。连我这样的人都知道什么叫信用，可那个扶桑国的浑蛋，竟然骗知念。"

泉花泷王爵把知念骗得很惨，他只送了一幅肖像画，第二年就失约了。

知念守着那唯一的肖像画，一等就是三年，等得画纸都开始泛黄，等得她心灰意冷，三魂没了七魄。

鬼脸人曾说，如果知念真的那么想他，他可以带她漂洋过海去找那个羽生王爵。可知念不肯，她怕自己跋山涉水，最后等来的是幻灭，就这样等着，反倒留有一丝念想。

后来知念的病越来越重，她知道自己活不长了，就请求鬼脸人，等她死了，要尽快将她安葬，她想干干净净、不失体面地躺在棺椁里，这样，万一哪天泉花泷王爵想起了她，来祭拜她，看到的也是干干净净、不失体面死去的她。

这就是为什么鬼脸人不惜一切也要让知念尽快下葬，因为这是她最后的遗愿，如此卑微又深情的遗愿，鬼脸人没法不满足她。

知念对自己的死似乎有一种直觉，她不止一次跟鬼脸人提起，她知道自己活不长了，可她一点儿也不怕死，她怕的是死后仍不得安宁。

为何会怕自己死后不得安宁？莫非她早已预料到一些事？

蓝玉烟正要追问下去，忽然听见隔壁传来一阵响动，是青岑回房了，一同回来的还有阿松。

蓝玉烟连忙示意鬼脸人别出声，二人凝神屏息，大气也不敢喘。

"隔壁那浑蛋睡下了？"是青岑的声音。

"一晚上没动静，应该是睡了。"阿松道。

“仵作那边查得怎么样了？”

阿松的声音忽然紧张起来，他道：“我正要和你说这件事，那个仵作死了！”

蓝玉烟一惊，忙凑近了细听。

“他不是说要举家南迁吗？怎么就死了？”

“我赶到他家时，他们一家都已经死在了饭桌上，看来有人是想制造他们食物中毒的假象。我还在他家里发现了一样东西，你看！”

“是银针头，”青岑道，“这似乎是那晚给知念姑娘验过身的银针头，他刚插进尸首里，就放弃了。”

“对，”阿松也道，“你细看，这银针头的尖部发黑，证明针上有毒！”

蓝玉烟下意识地回头看了鬼脸人一眼，他也十分震惊，银针有毒，这说明知念是中毒而亡！

隔壁静默了半晌，道：“有人毒死了知念，怕仵作查出什么来，就杀了他灭口。隔壁那浑蛋又逼着咱们草草地将知念姑娘下葬，现有的线索都断了。”

鬼脸人听了这话怎么可能不受刺激？蓝玉烟摸黑回到他身边，极力劝道：“你还闹？你已经闹得天翻地覆，把线索都闹没了，还想怎么样？”

鬼脸人奋力挣扎，想要挣脱绳索，蓝玉烟实在忍不住，“啪”地打了他一耳光。

这一耳光打得响亮，蓝玉烟自己也没意识到，两个人都蒙了，凝神听着隔壁的动静，幸好青岑和阿松都没觉察到。

蓝玉烟按住鬼脸人，恶狠狠道：“我知道你想为知念报仇，可你找谁去报？你知道凶手是谁？”

鬼脸人安静下来了。

蓝玉烟道：“你暂且待在这里，我找机会再来看你，下次你想起什么，记得统统告诉我，千万不要再有遗漏。还有，不要闹事，隔壁的青岑和阿松都是一门心思要帮知念姑娘查出凶手的人，你何苦跟他们置气？”

鬼脸人看着蓝玉烟，忽然道：“我懂那小子为什么揍我揍得那么狠了。你放心，看在今晚你陪我聊天的分上，下次我给他个面子！”

窗外忽然传来一阵少女的嬉笑声，是云韶府里的姑娘们，她们叽叽喳喳吵闹不休，好像是带了什么新鲜吃食，特地来给青岑献殷勤呢。

鬼脸人冷笑道：“你可得留心，说不定这云韶府就是座盘丝洞，缠住了隔壁那小子，让他无心再查案呢！”

蓝玉烟偏不受他的挑拨，转过身来，正色道：“还未请教兄台尊姓大名。我叫合欢，请多指教！”

鬼脸人又恢复了那种无所谓的态度，斜躺在草垛上，闭着眼道：“我无名无姓，你记得我是知念的朋友就够了。”

蓝玉烟只得作罢，又凝神听了一会儿，趁着外面乱成一团，和鬼脸人道了声珍重，就悄悄溜了。

她有惊无险地回到卧房，刚一推开门，赫然看见南初坐在床边，似笑非笑地盯着她：“合欢姑娘好兴致，大半夜的不睡觉，跑到哪里消遣去了？”

蓝玉烟镇定道：“睡不着，到处走走。”

南初冷笑道：“睡不着？正好，我这碗精心熬制的合欢汤恰好对症下药，喝了这汤，我保管让你一觉到天亮！”

蓝玉烟这才看见桌上放着一碗汤，颜色微红，像是被稀释了的血的颜色，上面漂浮着数片粉色的绒花。

这就是鼎鼎大名的“合欢汤”无疑了。

这碗汤，若是苓儿端给她，蓝玉烟接过来就能一饮而尽，但送汤的人是南初，情况就复杂了。

蓝玉烟打量着南初的神色，小心翼翼地赔笑道：“南初姑娘这么不待见我，回回见了都要赶我走，不会在这汤里下了蒙汗药，趁我熟睡把我捆了扔到街上吧？”

南初仰天大笑，道：“你猜得还真准，本姑娘正有此意！”

蓝玉烟冷汗下来了，这回碰见硬茬儿了。

眼下薛淳已经回了老家，青岑和阿松又被一帮“小妖精”绊住了脚，她是叫天天不应，叫地地不灵。

这汤喝下去就是死路一条。

明早南初随便编个谎话，就说她自己跑了，丢了，到时候她再想踏进云韶府的门槛可就难了。

但若是不喝，瞅南初这架势，就是硬灌也得给她灌下去。

蓝玉烟把心一横，算了，先喝再说，喝了汤她才能放过自己。

她把眼一闭，端起碗咕咚咕咚喝了个底朝天。

合欢汤醇绵的香气立刻在她嘴里漫延开来，奇怪得很，喝下没多久，面前的南初竟变得模糊起来。

她的笑也变得狰狞，只有声音听得真切："合欢姑娘，你我相识一场，不过咱们的缘分，也只能到今晚了……"

南初的身影悠悠荡荡、重重叠叠，声音飘忽，像一只幽魂消失在门口。

蓝玉烟跌倒在床上，浑身绵软无力，浑身上下，只有眼睛、耳朵还有知觉，她眼见着窗外一轮圆月，嘴里却发不出一点儿声音。

又过了片刻，她忽然听到一阵若有似无的歌声。

那歌声空灵缥缈，似乎是从遥远的地方传来，似飘浮在空中，又像是从地底下渗出来，从四面八方汇聚而来，将她层层包裹。

这感觉如此熟悉，这歌声似乎在哪里听过。

"月影轻斜波光潋，合欢花下轻抚弦，彩带轻缠伴鹤舞，与君相见待何年。"

这缥缈空灵的歌声不休不止，不知几时能停歇，蓝玉烟的意识也渐渐混沌，眼前慢慢模糊一片……

七

不知过了多久，蒙眬中，一双温热的小手将她扶了起来，对准她的嘴灌下一碗酸辣汤，呛得她一阵猛咳，神志竟渐渐清醒了。

“合欢姐姐，你醒了？”

是苓儿，不知是害怕还是激动，她的声音抖得厉害，眼睛也红红的，像是刚刚哭过。

蓝玉烟一醒来，她便哭道：“我还以为姐姐醒不过来了！”

蓝玉烟艰难道：“南初在我的汤里下了药！”

苓儿满脸泪痕道：“合欢姐姐，你救了我一命，我该还你一条人命。南初姐姐为何在你的汤里下药，我不得而知，我只知道这云韶府并没有你看上去那么简单，这里不是你该待的地方，何况你现在已经被南初姐姐盯上了，更应该抓紧逃命。你先将计就计，装作被迷晕的样子，待在这里别动，我去后花园看看，那里有一条密道通往城南的竹林，若是无人把守，我再回来通知你！”

蓝玉烟拦住她道：“不行，太危险了，我不能让你一个人去！”

苓儿道：“姐姐不用担心我，我在这里还有一点儿用处，他们不会轻易杀掉我！”

蓝玉烟坚决不肯，苓儿突然笑了，她笑得无比凄然，让人毛骨悚然。

“姐姐，今夜是月圆之夜，你看，窗外的月色多美。你知道吗？十年前的一个月圆之夜，曾有七七四十九名少女死在花栖巷尾的两棵合欢树下，每到月圆之夜，那些深埋在地下的少女的亡魂就会在子夜时分唱响悲歌，她们怕被世人遗忘，所以时时出来吟唱。她们唱的歌叫子夜歌，我也会唱，云韶府里，我唱得最好！”

苓儿一边说着，一边泪如雨下：“我爹娘虽然死了，但遇到了知冷知热，待我如亲妹妹的知念姐姐。知念姐姐死了，现在又来了一个奋不顾身救我的合欢姐姐，苓儿这么好的命，豁出性命为姐姐争取一条活路，又算得了什么？”

蓝玉烟听她这么说，只觉得心如刀绞，还要劝阻，苓儿却奋力挣脱开她的手，快步出了房门。

蓝玉烟身上的药效尚未完全退去，浑身仍是没力，只得眼睁睁躺在床上等着苓儿回来。

等了许久，始终不见苓儿回来。

蓝玉烟心中冒出不祥的预感，她觉得苓儿不会回来了。

第五章 琉璃殿

人人都说他沉稳冷静，可他的沉稳冷静在她身上总是无用武之地。

一

直到天光大亮，蓝玉烟身上的药效才全部散去，她浑身酸痛，正要挣扎着起身去找苓儿，下人来通知她，说青岑大人要所有人即刻到前厅集合，他要对照着人员一一核对花名册。

大厅里挤满了人，蓝玉烟四顾探寻，不见苓儿的影子，几个姑娘都说一早起来就没见过苓儿。

蓝玉烟正想趁人不备悄悄溜走去找苓儿，南初从天而降，她自带一股威严的气势，穿过人群，在蓝玉烟身旁站定。

蓝玉烟此刻出现在这里并未让她感到惊讶，她仿佛早就知道她会醒来，摇头叹息道："怪你运气不好，今早我收到薛大人的书信，嘱咐我尽快给你办理入籍的手续，若是再晚一点，我可能已经趁你昏迷把你扔到街上去了！"

留在云韶府，在南初看来是件倒霉的事，为何她会这么想？她的表情让人捉摸不透，蓝玉烟提醒自己得时刻提防着她。

南初凑近蓝玉烟，低声道："你别高兴得太早，我还没放弃呢！"

还没放弃什么？是继续把她赶出去的决心，还是处处刁难她的斗志？

至少蓝玉烟清楚自己被盯上了，她成了南初的猎物之一，这里是她的地盘，想在她眼皮子底下搞小动作，得多掂量掂量了。

蓝玉烟犹豫了一下，站在人群之中没动，不能顶风作案，她决定等等再去找苓儿。

南初款款地走向了她的另一个猎物。

不过几步路，却被她走出了旖旎的风光，她穿过三三两两聚在一起的姑娘们，那些人正在低声私语或窃笑，目光里夹着柔情，汇成一条甜蜜的溪流，这溪流的源头处端坐着一个英俊的男人。

青岑的到来，给这些姑娘循规蹈矩的生活注入了一丝清甜。

但南初以最招摇张扬的姿态霸占了这股清泉，有她在的场合，青岑大人所有对外界的交流都由她一人包揽了，旁人插不上嘴，她也不会给任何人机会。

这是她的强项，在云韶府多年，她同男人周旋的本领练就得炉火纯青，也许这样的天赋是她当年流落街头时被逼出来的，总之她将这天赋发扬光大，成了一件称手的武器。

什么时候该撒娇，什么时候该叫板，火候被她拿捏得十分到位，她旁边的一众女孩子都没有这个本事，她们大多面目模糊、资质平庸，不是言语钝拙，就是举止轻浮，也有羞口羞脚见了生人话都不敢说的，还有虚荣势利、眼界太浅的。

平心而论，南初有她脱颖而出的资本，她的潇洒爽利、强势能干完全被周遭的平庸衬托出来了。

她落落大方地在青岑桌旁站定，立刻以一种饱满热情又专业的状态协助他的工作，但在认真之余又多出一分特有的细心体贴，时不时地挥走飞舞在他周围的蝇虫，或是顺势掸掸他肩上的灰尘。

鬼脸人形容这个地方为“盘丝洞”，倒是挺贴切。

青岑对周遭的一切无动于衷，所有心思都放在了花名册上。他对照着花名册，将点到名字的姑娘一个一个叫过去视看。

他从昨晚就发现了一个奇怪的问题：花名册上入籍的这些女孩子里，所有农历七月出生的姑娘，不是生病、暴毙，就是走失、逃亡了。

这种巧合太过密集，像是蓄意的。

但他没有打草惊蛇，只是将这个发现记在心里，暗中留意着。

待将人员核实得差不多了，一抬头，看见站在人群中的蓝玉烟，一双墨黑的眼睛四处望着，似乎是在找寻什么。

她脸上倦意浓重，看来昨晚睡得并不好。

听说南初把她安置在知念生前住过的房间，他一度担心这是南初故意刁难，若不是昨晚急着去查探线索，他真应该找个借口去看看她。

南初给他的印象说不上好还是不好，但他清楚这个姑娘绝非善类，小烟就这么单枪匹马，摸着黑闯下去，他担心她会吃亏。

今天一早，他也听说了薛大人送来的书信，同意蓝玉烟入籍，并嘱咐南初尽快帮她办理手续。

这恰好是个机会。

青岑不动声色地喊她："那位新来的姑娘，请上前一步，报上你的姓名、年龄。"

蓝玉烟翻了个白眼，隔得老远都能感觉到她的不耐烦，很好，起码要让她知道，他不会轻易"放过"她。

蓝玉烟想起南初的叮嘱，便当着她的面，故意大声报出了自己真实的生日。青岑在纸上写得飞快，这日子他早就烂熟于心了。

做完记录，蓝玉烟转身要走，青岑喊住她："别动。"

他道："我这边事多繁杂，需要个人手，我看大家都忙，数你最闲，就你吧。"

蓝玉烟刚想分辩，你哪只眼睛看见我闲了？还没开口，却被南初抢白道："不是有我在这里帮您吗？大人是嫌我做得不好吗？"

她说得楚楚可怜，好像青岑干了什么对不起她的事，活活把她辜负了。

青岑道："南初姑娘既要照料姑娘们的饮食起居，又要监督她们习舞练琴，我怕你忙不过来。"

要是这样，那还说得过去，南初脸上的幽怨消退了一些，但她仍没放弃。

"我看合欢姑娘也不适合这份差事，她比我们都忙，忙得连觉都睡不上几个时辰。"

青岑费解："她刚来不到三天，有什么可忙的？"

南初露出幸灾乐祸的笑，她一笑，蓝玉烟就知道自己完蛋了。

南初故意遮遮掩掩道："这里面的缘由，当着众妹妹的面，不太好说。只是合欢姑娘昨晚睡得少，太过劳累，她又是个新人，按理，咱们也该多疼疼她。今日我便做主放她半日假，让她回去好生休息吧！"

青岑分析案情确实是一把好手，但事情一旦落到蓝玉烟头上，他就失去分辨真假的能力，南初恰好戳中了他的死穴，吊足了他的胃口。

青岑沉下脸来："她昨晚到底干什么去了？"

南初还在卖力演戏："这也怪不得合欢姑娘，想必她过惯了锦衣玉食的生活，冷不防来到我们这穷酸之地，睡不习惯。所以半夜偷偷溜出去，找个可心人倾诉衷肠去了，这也是情有可原的。"

"可心人？倾诉衷肠？"青岑眼中露出了熟悉的杀意。

蓝玉烟看了一眼南初，心想，姐妹儿，你这是要往死里整我呀！

南初还想火上浇油，被青岑拦住了，他指着蓝玉烟道："让她自己说。"

蓝玉烟垂着头，努力做出一副"我知错了"的屃样，嘴里负隅顽抗着："南初姑娘言重了，我刚来这里，哪里来的可心人？只不过是好奇那个鬼脸人为何要到云韶府里胡作非为，跑去问个明白罢了。"

"所以你就去找他倾诉衷肠了？"

这一下，连不明就里的旁观者都知道青岑动怒了。

蓝玉烟下意识地咽了咽口水，艰难地点点头。

"咣"的一声，青岑将桌子捶得震天响，眼里全是怒火。

这不能怪青岑。

前脚鬼脸人言语挑衅他，刚挨了他一顿毒打，他郑重警告过对方不许打蓝玉烟的主意，她却自己偷偷送上门去。

而且，这事就发生在他眼皮子底下。

昨夜，就在他拖着疲惫的身子回到住处的时候，蓝玉烟和鬼脸人就躲在一墙之隔的漆黑屋子里，倾诉了整晚的衷肠。

人人都说他沉稳冷静，可他的沉稳冷静在她身上总是无用武之地。

青岑的暴怒将所有人都吓住了，连南初也很意外，她不过是想给合欢一个下马威，却没料到青岑大人的反应会这么大。

青岑强忍着怒意，他意识到自己有些失态，恐怕会让人觉察出什么，便借题发挥道："薛大人临走前嘱咐过我，千万要防范纪律，你们都是清清白白的姑娘家，倘若放纵任性，做出有损名誉之事，那就是我和诸位大人的失职了！"

他冲蓝玉烟道："合欢姑娘，你虽然初来乍到，是个新人，但夜不归宿，私会囚犯，这属于严重违纪的行为。为了给诸位姑娘一个警示，今天我必须得罚你！"

蓝玉烟心中叫苦，嘴上却极配合，低眉顺眼道："青岑大人说得极是，合欢甘愿受罚！"

众目睽睽之下，她不敢朝青岑使眼色，只盼着他能残存一丝良知，罚得轻些。

"大人，"南初忽然道，"我看，惩罚没什么必要！"

蓝玉烟心里一暖，她果然没看错南初，这姑娘到底是知道疼人的。

南初道："合欢姑娘一来就败坏风气，这还有什么惩罚的必要？干脆把她撵出去算了！"

二

南初态度坚决，她似乎打算先斩后奏，把人撵走再说，薛大人回来即便见不着人，也不能拿她怎么样了。

她想借刀杀人，青岑就是她的“刀”，她当着他的面，一一细数蓝玉烟身上的疑点。

例如她一个世家小姐，本该见过世面，京城这么大，往哪儿钻不好，偏偏钻进了花栖巷；例如她说路上遭遇贼人抢劫，父母病死，可她一路逃亡，身上脸上竟然干干净净，太不合常理……

“够了。”青岑打断南初。

南初是个聪明人，再让她这么一条一条分析下去，蓝玉烟所有的破绽都该被她揪出来了。

青岑不是没有过私心，如果此刻直接采纳南初的建议，将小烟撵出云韶府，那他就没有任何后顾之忧了。他会心安，不会对她有所担心，所有的怒火也会平息，接下来便可以一心一意地查案，这样的日子可就轻松多了。

只是这样一来，小烟会快乐吗？

听说要被撵出去，看把她吓的，她原是那样一个天不怕地不怕的人，别人躲闪不及的阴谋诡计，她睁着眼往里闯。

她心里什么都有，装着天下，装着亲人、朋友、家国和正义，唯独没有自己。

所以他只好处处留心，把她装在自己心里。

人说，知我心者，谓我心忧；不知我者，谓我何求。他自然得努力成为懂她的人，这个特权，他不想轻易丢掉。

一刹那的犹豫结束了，私心变成了成全。

青岑道：“合欢姑娘是薛大人决定留下来的，现在他不在，就这样把她撵出去，恐怕不太合适。你方才所述，确实有些道理，我想合欢姑娘有她的难言之隐，但我想这并不影响她加入云韶府。除了行为上需要多加检点，她应该对咱们并无威胁。是吧，合欢姑娘？”

蓝玉烟猛点头。

南初挑拨离间失败，仍不放弃，道：“那大人还要将她留在身边做帮手吗？”

青岑冷哼一声，满脸嫌弃：“她留下归留下，还是要为自己的错误付出代价的！”他转向众人，问道：“你们平时最不喜欢哪份差事？”

“清理潋滟池！”众人异口同声。

“好，那就罚你去清理潋滟池吧，为期十天，旁人不得帮忙！”

蓝玉烟低头领命，心花怒放，青岑这次着实够意思，竟然没给她使绊子，三言两语就把她留下了。

蓝玉烟再三拜谢，青岑从她身旁经过，淡淡地说了句：“知错要改，下不为例！”

南初赶紧小碎步紧跟上去，经过蓝玉烟身旁时瞪了她一眼，那眼神在告诉她：走着瞧，以后有你好看！

有几个热心肠的妹妹留下来，七嘴八舌地交代她清理潋滟池的注意事项。

蓝玉烟环顾四周，等了一早上，苓儿还是没现身。

她问了几位妹妹，其中一个道：“苓儿好像出远门了，我早起时发现她柜子里的衣服首饰都不在了，要不是出远门，不会把东西收拾得这么干净。”

可是她能去哪里呢？她的父母亲不是早就被流放了？

另一个姑娘道：“合欢姐姐不用担心，苓儿当初也是大户人家出身，家族支脉庞杂，远亲之类的总归有的，说不定是去找他们了。再说，也没见南初姐姐找她，若她是偷溜出去的，南初姐姐绝不可能这么冷静，怎么可能跟没事儿人似的！”

“对，南初最恨人不守纪律，苓儿走之前一定跟她报备过了。”

若是这样，倒还好些，蓝玉烟先前还担心她被人掳去了，既然衣服首饰不在，被掳的可能性也就不大了。

她稍稍安下心，集中精神对付潋滟池。

清理潋滟池原是云韶府的日常作业，姑娘们按日子轮流清扫。活不重，但也不轻松，尤其是酷暑难当的夏季，那里面湿气逼人，一般人不爱干这活。

妹妹们将蓝玉烟带到东北角的一间库房，那里原本是一间存放旧史书、史料的房子，后来渐渐地变成了堆放杂物的储物间。

竹架上摆满了落满厚厚灰尘的书，蓝玉烟快速扫过去，发现都是些关于云韶府修建历史，以及建筑方面的资料。

她心中不禁纳罕，小小一座云韶府，最早不过是一间酒肆，为何值得如此花费心神，在建筑方面下这么多的功夫？

那几个妹妹也不大清楚，只说："别说在花栖巷，云韶府这座大宅，在整个京城都是数一数二的气派，我记得有一年浴堂翻修，光是旧年留下的设计图纸就翻出好大一箱。喏，就在那里！"

蓝玉烟抬眼望去，书架最上端果然放置着一个竹篓，里面横七竖八地放置着不少卷轴。

另一个妹妹道："据说当时设计云韶府的东家非常有钱，为建这宅子，银子花得海了去了。不过这也正常，姐姐不是也去过潋滟池，光是那座浴堂就得花去多少银子？"

蓝玉烟道："别说是浴堂，就是那面仙鹤石墙，就价值不菲。"

众人聊得差不多了，蓝玉烟带上清扫工具，准备投入战斗，妹妹们笑着拦住她："姐姐急什么？清扫的活计一般都得在晚上干，等大家都沐浴完了才开始。我们先带你去霓裳房逛逛吧！"

云韶府里姑娘们的主要任务是唱歌、跳舞、操琴，她竟把这码事忘了。

其余的倒还好，唯独这琴，她已经很久不碰了。说得严重点儿，这一生她都有可能不再碰了。

温兴泽在她心底留下一道伤痕，化作琴音，时不时出来兴风作浪。

她心中常会弥漫莫名的忧伤，总是能梦到远在边境的那座坟茔，她没跟任何人提起过，她想去那座坟上拜一拜，清一清那上面的荒草。

甚至，因为小侄儿和温兴泽的死忌是同一天，她一直有些介怀，回京的这些日子，她刻意不去见他，怕忽然生出莫名的感伤，扫了大家的兴致。

温兴泽去世之前，她是个磊落的人，活得欢天喜地，没心没肺，但温兴泽用他的死在她心中打了个死结，再装不进去别的轻快欢愉、温绵和煦的乐声，这结一日不解，她心中的那抹感伤就永远无法连根拔除。

霓裳房里倩影如云，人头攒动，好不热闹。

一位妹妹讶然道："嚯，今天是什么日子，人到得这么齐整？"

另一个朝着不远处努努嘴，冷笑道："多了位年轻公子在这巡视，都抢着出风头呢！"

青岑站在大厅中央，背着手环视四周，南初在他旁边指指点点，似乎在向他讲解什么。

青岑的视线在蓝玉烟身上淡淡地掠过，停都未停，只装作不认识她。

那位妹妹说得对，因为青岑在场，练舞的姑娘们分外卖力，似乎要使出浑身解数证明自己的实力与魅力。

南初对众人的表现似乎也颇为满意，发现有人躲在墙边歇脚聊天，立刻横眉冷竖，叱令她们赶紧上场。

有个妹妹附在蓝玉烟耳畔悄声道："姐姐第一天来，先熟悉熟悉，不用那么卖力，往后可不行，若是南初在场，千万不能掉以轻心，南初最恨人家在习舞弹琴上偷懒。"

"南初常说，习得一门本事傍身，他日云韶府若是散了，我们也不至于饿死在街头。可我们都觉得她咸吃萝卜淡操心，云韶府可是朝廷开办的，怎么会说倒就倒呢？"

南初生于忧患，督促大家共同进步，也不怕她们本事越来越精湛，有朝一日超过她，这一点倒是很有远见，只是她似乎对云韶府充满悲观，抑或是她知道些什么，所以早早感知到了命运的不祥？

"被淘汰的那些姑娘，最后还留在府里吗？"

众人一致摇头："当然不可能留下！但我们都不知道她们最后去了哪里，

府里没有人知道，薛大人也禁止我们乱打听。”

蓝玉烟有些诧异，薛淳口口声声说把她们当成亲骨肉，淘汰之后就被赶出云韶府，这未免和他的言行不一致，太绝情了些。

她正聚精会神地思忖着，忽听见一阵婉转的琴声，众人都安静了下来。

南初坐在一架古琴前，轻轻拨动琴弦，婉转悠扬的琴音带着一点儿忧伤，从她指尖缓缓流淌出来。

蓝玉烟心中一紧，这曲子她再熟悉不过。

旁人有人讶然道："真是罕见，这可是南初最爱的《云雾潋》，从前她只弹给贵客听的，今天是怎么了？"

青岑站在她旁边驻足聆听，南初间或抬起头看他一眼，两人相视一笑，默契十足。

青岑脸上的笑容十分罕见，就连蓝玉烟也许久没有见过了。

她的胸口像是被人悄悄打了一拳，短暂急促，她提醒自己集中精神，可那琴音如同魔咒，将她牢牢钳住。

幸好，琴声很快止住了。

南初在琴弦之上轻抚几下，古琴发出清脆的声响，她用眼神示意青岑也试试，青岑笑着照做了。他也抚动了几下琴弦，可是发出的声音嘶哑晦涩，南初立刻被逗笑了，两个人你来我往，完全无视周围人的存在。

蓝玉烟心里烦乱，她烦的并不是青岑和别人调笑，她烦的是为什么青岑好端端的开始对古琴产生兴趣。

是生她不听劝阻，一意孤行的气？还是气她对温兴泽念念不忘，甚至连小侄儿都避而不见？所以故意当着她的面，和欺负她的姑娘一起抚动琴弦，奏响这支让她心潮涌动，刻骨难忘的曲子？

算了，眼下并不是纠缠于这些儿女情长的好时机，她打算找机会开溜。

刚出了正厅，几个下人惊慌失措地从她面前跑过，嘴里大喊："大事不好，鬼脸人逃啦！"

众人闻言赶紧围了过来，南初反应最快，第一个冲上去，跟着下人一同捉拿鬼脸人。

蓝玉烟也想追上去，却被人一把攥住手腕，将她轻轻拖到一旁。

是青岑，他从她身后赶来，只留下一句："你给我老老实实待在这里！"

他的声音透着紧张和害怕，他怕她再被人用刀架在脖子上，危急时刻最先想到的还是她的安危。

刚刚弥漫在她心头的那一点儿烦乱瞬间烟消云散了。

三

待众人一窝蜂赶到时，鬼脸人早已经逃得无影无踪了。

南初跪倒在地上，面色苍白地捂着受伤的左手。

几个下人跪倒在青岑脚边，正在替自己开脱：“方才小人们去给鬼脸人送饭，之前一直把他绑得严严实实的，今早也不知怎的，竟被他挣脱开了，他三拳两脚就把我们几个踹倒逃了，刚才南初姑娘迎了上来，要拦住他，那家伙上来用刀割伤了南初姑娘……”

南初虚弱道：“怪我无能，没能拦住那家伙……”

后来蓝玉烟回想起这件事时仍懊悔不已，她实在欠缺考虑，不该多那一句嘴。

她满脑子想的都是不能就这么让鬼脸人跑掉，他知道很多重要的线索，他跑了，线索也就断了，可她忘了，此时此刻，她不是蓝玉烟，而是合欢。

所以她问了一句不该由她来问的话，她问南初：“你有没有看见鬼脸人往哪里逃了？现在去追应该还来得及！”

青岑一听这话脸色就变了，他处处为她担惊受怕，她却处处不知死活，迎头而上。

青岑沉着脸道：“你还想追上去不成？若不是你昨夜私自去探视鬼脸人，他怕是也找不到机会逃跑！”

蓝玉烟正要反驳，青岑不耐烦道：“够了！”又转向南初道：“你要不要紧？能站得起来吗？”

南初咬着牙试图站起来，那一掌可挨得不轻，此时已近正午，日头越发毒烈，她的脸色也愈加苍白。

青岑见状便将她拦腰抱起，目不斜视地从蓝玉烟身旁经过，冷冷道：“这里没你们的事了，都散了吧。”

那一天接下来的时间里，蓝玉烟一直魂不守舍。

午饭时吃了什么，午歇后练了哪些舞步，她全都没了印象。

可想来想去，这事谁都怪不得，是她不顾青岑的阻拦硬要掺和进这案子里，是她置他的关切担忧于不顾，一次又一次地触碰他的底线。

退一步讲，就算青岑不同她计较，鬼脸人的逃跑可能和她脱不了干系。鬼脸人之前明明被关押得牢牢的，和她聊过后就逃了，确实有可能是她为他制造了逃跑的机会。

回头细想，南初这一天的表现也着实让她惊叹，有了危险第一个往上冲，这样的觉悟可不是人人都有，更何况她还是个不会功夫的弱女子。

蓝玉烟总有一种感觉，南初这个女孩并不简单，说她坏，她仿佛坏得并不彻底。说她好，可她又对别人有戒心。说她自私，她心里处处念着众人和云韶府，但她也不无私，无私的人会获得众人的爱戴，就像知念那样。

南初到底是个什么样的人？蓝玉烟一时半会儿还捉摸不透。

四

吃过晚饭，待众人陆续沐浴完毕，蓝玉烟带着打扫工具来到潋滟池，开始了第一晚的义务劳动。

此时天色已晚，沐浴的妹妹们已经走光了，偌大的浴堂静得出奇，能清晰地听见水滴滴答作响。

蓝玉烟蓦然想起了苓儿此前说过的话，她说子夜歌乃少女们的亡灵所唱，而那些亡灵又深埋在地下……

这里不就是地下？难道子夜歌是从这里传出的？

换作别人早就心里发毛了，可蓝玉烟一向不信鬼神，胆子又大得出奇，此刻心中竟生出莫名的兴奋。

她扔下手里的抹布，像有了了不得的新发现，在偌大的浴堂四处乱看，可看来看去，也没发现什么异样，这里有的不过是些石头和清水。

要说异样，也只有西南面石墙上的那幅仙鹤图有些不大对劲。

按说，专为姑娘们设置的浴堂，布置些花草、彩蝶或彩凤之类的图案才对，可为什么偏偏是鹤？

仙鹤在道观里常见，城外的清风观里随处可见，从没人怀疑过它们为什么会出现在那里，但这里是云韶府，姑娘们云集的地方，它们出现得实在太突兀了。

听说礼部尚书康大人沉迷求仙访道，云韶府在修建之初，他也参与过相关工程，难不成这是他的杰作？

这位大人是出了名的不务正业，正经的政绩没有，整日和汤大人钻研求仙访道之术，这两年虽然办了病退在家休养，可仍不消停，听说汤大人向皇上觐见，要让少女们为祭祀献舞，累死也不能停下来，他也插上一脚，一同上书，给皇上施加压力。

这仙鹤石墙若证实是他的杰作，那他的罪名又得多加一条中饱私囊、假公济私了。

礼部让这种昏聩无能的人掌控大权，实在是朝廷的悲哀，蓝玉烟气得胸闷，抄起墙角一颗硕大的鹅卵石，朝着石墙狠狠掷去。

鹅卵石撞击到石墙，发出混沌又空旷的声响，这响声持续不断，在空旷的浴堂里发出沉闷的回响。

蓝玉烟愣住了，为什么会有回音？难道石墙后面是空的？

她赶紧找来一块更大的鹅卵石，在剩余三面石墙上不停地敲打撞击，这三面都没有回音，有的只是结实的撞击声。

她按捺着激动的情绪，一遍遍地敲击着，那实实在在的撞击声一次次地证实了她的猜想：仙鹤石墙后面果然暗藏玄机，它后面是空的！

蓝玉烟冷静下来，仔细分析着这振奋人心的发现。

潋滟池上面是霓裳房，这面仙鹤石墙后面对应的应该是正厅的地下，应该就是薛大人此前提到的那座“废弃不用”的地牢。

好端端的为何弃用？府里的杂物宁可和书籍史料混在一处，也不愿意将这石墙拆开储放杂物。可想而知，这仙鹤石墙后面并不简单。

设置它的目的究竟是什么？这么厚的一堵石墙，究竟想隔住什么？

蓝玉烟好奇心发作，若不将这些谜团一一解开，她今晚势必无法入眠。

她蓦地想起堆放杂物的库房，白日那些妹妹告诉过她，那里放置着云韶府最初的建筑图纸，找到它，她就能更直观地看到整座云韶府的地下构造了。

她从潋滟池里出来，上了楼梯，穿过回廊，忽然听见紫藤花架下传来人语声，情急之下躲到了假山后面。

说话的人竟然是青岑和南初。

两人并肩坐着，头凑到一起，正在翻阅一本琴谱，石桌上放着一盏油灯、一架古琴，天上是一轮残月，这画面看上去竟有一种说不出的美感。

蓝玉烟犹豫着是不是上前打声招呼，她本可以就这样离开，去库房不过几步路，拿到图纸，她就可以解开石墙后面的秘密了。

可她的脚不听使唤，像钉在地上，挪不动步。

青岑觉察到有人，朗声问："谁在假山后面？"

蓝玉烟只得现身，硬着头皮道："是我，合欢。"

青岑一听，忙站起身来，似乎有一丝慌张，但瞬间就被他抚平了。

"你不好好干活，跑来这里做什么？"

青岑不问还好，一问倒问出她的火气来，她还想问他在这里干什么呢！她一声不吭，火气直冲着青岑，在他四周乱窜。青岑竭力装作若无其事的样子，不接招。

南初哪里看得懂他们二人之间的玄机，有些得意道："我伤口刚包扎好，一时半会儿睡不着，就想在这里练练琴，可我一个人又怕鬼，就叫了青岑大人来陪我。"

蓝玉烟道："既然如此，我就不打扰两位的雅兴了。"

说完，转身就要走，青岑几步上前将她拦住，却不说话，一双眼只在她身上打量。

蓝玉烟知道他在看什么，他在看她肩颈处的瘀青是否好些了。

青岑背对着南初，用只有蓝玉烟听得见的声音问她："干吗去？"

蓝玉烟没好气道："不是你罚我去清理浴堂吗？"

青岑记起来了，忍着笑意问她："累不累？要不要我帮你？"

蓝玉烟瞪他一眼，懒得同他计较，故意高声道："琴是好东西，青岑大人多听听南初姑娘的琴声，说不定可以抒情明志……"又放低音量，冲着他恶狠狠道："改改你这臭脾气！"

青岑听她这样说，知道她是误会了，还未等解释，她已经一溜烟儿走远了。

蓝玉烟确定青岑没跟上来，快走几步来到库房，翻了半天，终于找到了云韶府最初的建筑图纸。

她又回到潋滟池，将图纸缓缓展开，整座云韶府的设计图瞬间呈现在眼前。

图纸上明确标注着正厅、霓裳房、潋滟池，这些地方她都认得，只有一处她从没听过，那地方叫作“琉璃殿”，位置就在仙鹤石墙的后面。

根据资料显示，琉璃殿在建造过程中使用了大量罕见且价值不菲的原料：琉璃。从地面到墙壁，再到顶棚，全部用晶莹剔透的琉璃装饰而成。

更奇怪的是，资料上注明琉璃殿的作用是地牢。

既是地牢，为何要如此大费周章，造得这么奢华？

云韶府不过是礼部下属的一个小机构，哪里来的这么多经费投放在一座地牢上面？

依据设计图纸来看，云韶府在建造之初就已经有霓裳房、潋滟池等处，可据蓝玉烟所知，云韶府最初是由一位无名富商建造，当时叫作“云韶坊”，难道那位无名富商早就知道这里将会被朝廷征用，用来培养年轻优秀的舞者和乐师？

若是早有这打算，为何又要费力建造一座琉璃制成的牢房？

蓝玉烟将图纸反复仔细地查阅，并没找到打开仙鹤石墙的办法，看来开门的机关是保密的，她只能自己找出来。

她在石墙上敲打了半天，一无所获。

她不甘心，又后退两步，打量着石墙上栩栩如生的仙鹤，试图从那上面寻找答案。

那三只仙鹤除了过于逼真之外并无异样，威风凛凛的双翅用乳白色的鹅卵石拼凑而成，下巴、尖嘴用黑色的石子拼凑而成，头上用的是红色的石子。

所有石子都质地优良，圆润光滑，一看就是精挑细选出来的。

她突然发现，其中一只仙鹤的“鹤眼”有些与众不同。

那只仙鹤立在正中间，被另外两只仙鹤簇拥着，气质更胜一筹，可是很奇怪，这只仙鹤的鹤眼看上去黯淡无光，和另外两只的比起来十分不协调，似乎还生了铁锈，有些斑驳。

蓝玉烟踮起脚尖细看，果然是铁锈！

她用手摩挲着，手感很奇异，这鹤眼并非石质，而是铁质的，而且它是活动的。

她屏住呼吸，轻轻拨弄着这铁质的鹤眼，怪异的事情发生了。

石墙上传来一道沉闷的声响，石墙缓缓向上移动，刹那间，有明晃晃的光亮从石墙里透出来，那光亮的面积越来越大，越来越刺眼。

直至整面石墙打开，面前变得光芒万丈，晃得蓝玉烟下意识地伸手去挡。

透过指尖的缝隙，她看见一个模糊的身影，周身散发着五彩的光芒，像浮在水中的倒影，影影绰绰。

那身影和她一般高，一般纤弱，细看，竟是位俏丽的女子。

这女子越看越眼熟，蓝玉烟上前一步，那流光中的女子也动了动，周身泛起一片涟漪——

蓝玉烟看明白了，这女子就是她自己!

她正面对着的是一面琉璃屏风，足有一面墙那么高，将门口挡得严严实实。

蓝玉烟谨慎地越过屏风。

刹那间，她只觉得浑身的血液都凝固了：数十名面色惨白的少女赫然出现在她眼前!

这座琉璃建造而成的宫殿果然是一间地牢，一间富丽堂皇、丧心病狂的地牢!

那数十名鬼魅般的少女正是活生生的牢中之物!

她们，还活着，却生不如死!

第六章 藏魂草

人们总觉得来日方长，万事都来得及，殊不知命运总是暗藏玄机，见一面少一面，来日并不方长。

一

蓝玉烟从来没像现在这样愤怒过。

那愤怒中夹杂着震惊，夹杂着对眼前所见的难以置信。

为何有人会将这些少女关押在此处？不，因何缘由并不重要，这种行为本身已经罪不可赦。

她竭力克制着自己，若不是残存的理智紧紧将她拖住，她可能已经冲出去了，她要把云韶府闹得天翻地覆，揪出那个罪该万死的幕后之人，将他严刑拷打，让他永世不得超生。

但她尚有一丝理智，她努力让自己冷静下来。

她数了数，一共四十七名少女。

她们个个面色惨白，没有一丝血色，神情呆滞惶恐，眼神空洞又迷茫，蓝玉烟震惊万分地从她们面前走过，可她们竟然毫无觉察。过了一会儿，蓝玉烟看明白了：这些少女们的眼睛都看不见，她们都失明了！

蓝玉烟试着走上前去和她们轻声攀谈，可是无法断定她们是否听得见，因为她们嘴里只能发出含混不清的呓语，没办法和人正常交流。

这些少女最大的不过十五六岁，最小的只有十岁上下，都穿着素白的粗布衬衣，脸上、身上、衣服上，看不见一点儿脏污。

关押她们的牢笼也是琉璃制成的，和整座琉璃宫殿融为一体，唯有牢门上那醒目的铁链分外醒目，似乎在提醒人们这是一座富丽堂皇的牢笼，关押着一群如游魂般的失明少女！

蓝玉烟四下寻找打开铁锁的钥匙，但找了几圈都没找到。

她轻轻碰了一下靠近牢门处的姑娘，那姑娘像触电一般蜷缩成一团，口中喃喃道："我身上没痣，你们别找我，我真的没有痣……"

痣？

蓝玉烟想起自己胸口也有一颗被人称作"福痣"的痣，定睛细看，那姑娘的脖颈处似乎有抓痕，她轻轻抚摸着姑娘的头发，试图让她安静下来，再悄悄掀起她的衣衫……

蓝玉烟再一次被吓到了。

衣衫下面少女的肌肤没有一处是完好的，能够清晰地看见少女身上几处大小不一的黑痣，这姑娘似乎想生生地将这些痣从自己身上挖掉?

究竟为什么她会对自己痛下如此毒手?那些痣，真的有那么可怕吗?

这个发现让她无论如何也坐不住了，心中的怒火和震惊像潮水般袭来，她等不及了，她要马上将这个罪行昭告天下，尽快把她们救出去。

刚走出去没几步，她又停住了。

她差一点儿忘了，云韶府是薛淳的地盘，地下藏着这样一座琉璃地牢，关押着四十七名少女，他会不知道?

他不可能不知道，他不仅知道，罪魁祸首可能就是他!

但他此刻不在府里，也不在京城，倘若把这个秘密毫无预兆地抖搂出来，他听见风声逃匿了，或者干脆死不认账，那时可怎么办呢?

蓝玉烟又一想，这座琉璃牢房耗资巨大，仅凭薛淳一个人可能未必办得到，他的恩师，礼部尚书康大人是否知情?他一向热衷求仙访道之术，这些少女身上的名堂没准就是他搞出来的。

还有那个汤大人，和康大人一个鼻孔出气，这件事他有没有份?

再看这些姑娘，除了看着身体虚弱，双目失明，个个都很干净，日常必得有人照料她们的饮食起居，这个人不大可能是康大人和薛淳，那么会有可能是南初，或她们中的一员吗?

南初若是知道这地下的秘密，知念十有八九也知道，她的死会和这个秘密有关吗?

这里面上上下下，牵扯了不少人，不行，不能这么鲁莽地把这秘密直接曝出来!

汇报给青岑?

也不行，此刻他正和南初在一处，抽不开身，稍有不慎就会走漏风声。况且云韶府里人多眼杂，知念的死因没有查清之前，她不能白白曝光自己苦心隐藏了这么久的身份。

她想到了一个最恰当的人选，叶扶苏。

叶扶苏和薛淳是平级，又是叶大人的长子，皇上钦点的人选，倘若这里面真有什么阴谋诡计，以叶扶苏的身份总能抵挡得住。

可是，要眼睁睁看着这些少女被关押在这里，而不能采取任何措施，她心中万分不忍。

她们看上去被关在这里已经有些时日了，蓝玉烟只得安慰自己，为了大局只能按兵不动，但这只是暂时的，她将尽自己最大的努力，以最快的速度把她们救出去。

二

蓝玉烟心情复杂地离开地牢，按照原样将石墙闭合。

石墙缓缓落地，发出沉闷的声响，她心中忍不住又是一阵颤动。

这座琉璃地牢之上就是云韶府的正厅，接待贵宾、开设酒宴之处，有谁能想到，就在众人歌舞升平、饮酒作乐的时候，地下竟藏着四十七名虚弱的失明少女，被折磨得人不人鬼不鬼呢？

她神思大动，身上的力量似乎被掏空了，虚弱地靠在仙鹤石墙上，石墙坚硬厚实，就算那些姑娘曾经拼死呼救，也是徒劳，外面根本听不见一点儿动静。

她又想起了苓儿的话，想起了她曾经提到的子夜歌。

难不成，那晚她听到的诡异歌声，正是这些被关在地下的，如同鬼魅般的少女所唱？

苓儿也会唱那首歌，她还说自己是整个云韶府里唱得最好的一个！

这也就是说，苓儿也知道这里面的秘密，所以她才会在深夜闯进蓝玉烟的房间，不由分说地要救她出去。

苓儿真的像其他妹妹说的那样告假探亲去了吗？蓝玉烟不敢去想，她只能祈祷苓儿此刻平平安安。

好不容易稳定好情绪，她本打算立刻动身去找叶扶苏，转念一想，又觉得不妥，此刻的云韶府已经四面楚歌，她无法断定这里除了南初，还安插了多少眼线。

幸好潋滟池内无门无窗，不然只怕她刚才的行踪也被人偷看了。

倘若她现在就去通知叶扶苏，被云韶府的人觉察到不对，趁她不在将地牢里的少女都转移走，到时她空口无凭，所有的发现都得泡汤。

细细思量后，她决定按兵不动，再忍耐一晚，等天一亮，她随便找个借口溜出去，到时候神不知鬼不觉，又不打草惊蛇，一举两得。

这一晚无比煎熬，蓝玉烟辗转反侧，无论如何也睡不着，一闭上眼，眼前就会浮现那些姑娘苍白的脸庞。

现在她躺在床上，心情略微平静了一些，可是脑子里仍旧很乱，猜不透地牢里的来龙去脉。

那四十七名少女不可能是瘟疫的感染者，感染瘟疫何须藏着掖着？常规的程序应该是上报官府，将她们集中收押，另派医术高明的大夫尽快医治才对。康大人、薛大人这种级别的官员，不会连这些基本操作都不懂。

况且，看那些少女的状态样貌，并不像得了瘟疫，倒像是迷魂汤灌多了，失了心智。

她们的失明更加诡异，眼角处并无伤口，不像是被利器所伤，大概率是药物所致，总之不会是先天性的失明，整整四十七名少女，怎么可能全都失明了呢？

再说那座地牢，非金非银，偏偏是琉璃制成，而且关押的人数恰恰是四十七名，这些都有什么特殊含义吗？

蓝玉烟在心中翻来覆去地琢磨，直到天亮时才浅浅地睡了一觉。还没等睡熟，房门照例被人敲得震天响。

到了每日晨早练舞的时间，南初派人来喊她，所有人都得在规定的时间内集合到霓裳房开始一天的练习。

这一天南初看上去心情很糟，脸上阴云密布。姑娘们见她这副面孔，都悄无声息地开始操练，生怕冲撞到她。

若不是有重任在身，蓝玉烟绝对不愿意去招惹这种状态的南初。

她谎称昨夜清理潋滟池扭伤了手腕，要去城里的药铺买几贴膏药。

南初上下打量着她，没说行，也没说不行。

她的脸上没有一丝笑容："这里的妹妹没日没夜地练舞，哪一个身上不是伤痕累累？怎么偏你这般娇贵，一点儿伤都受不得？"

蓝玉烟只得赔着笑道："我初来乍到，可能还需要点儿时间适应一下这种强度的劳作。"

南初佯装恍然道："你不说我差点儿忘了，合欢姑娘原来也是大门大户家的小姐呢！"她冷笑一声，道："我不怕告诉你，咱们云韶府里就有自备的药房和大夫，可我若是不发话，你就永远享受不到这份待遇。我就是想让你知道，这里就是我的天下。你碍了我的眼，让我心里不爽快，所以你也别想过得自在！"

蓝玉烟一声不吭，南初却越说越气。

她问道："你老实告诉我，昨晚你和青岑大人在假山后头站了那么久，是不是跟他告我的状去了？不然他为什么回来后，说你肩膀受了伤，叫我好生照顾你？"

原来如此，是青岑冤枉她了，这气自然得算在蓝玉烟的头上。

蓝玉烟忙惶恐道："南初姑娘误会了，青岑大人见我肩上有伤，以为我染了瘟疫，所以才特地把我叫过去盘问。他担心的不是我，是你和云韶府的安危啊！"

"当真？"南初脸上的怒气缓和许多。

"千真万确！"

南初仍旧板着脸道："打你一进到云韶府，我就不喜欢你，别忘了，你的底细还没跟我交代清楚呢！像你这样的人，我是不会轻易让你留在云韶府的。眼下暂且这样，不过咱们来日方长，有的是时间慢慢周旋。"

蓝玉烟哪里有心思同她纠缠，站在那里任由南初发泄痛快了，忙抽身退了下来。

一出了云韶府，她几乎是咬牙切齿地奔向叶府，不出三天，她定要将云韶府掀个底儿朝天，查他个干净痛快，该杀的杀，该斩的斩！

因为一门心思想着这件事，她完全没有注意到自己被人跟踪了。

那人从花栖巷就一直跟着她，一路尾随到一条僻静的巷子，趁四下无人，一把将她掳住，带到了巷子深处。

蓝玉烟冷不防被人偷袭，正要回击，发现来人竟是青岑。

他示意蓝玉烟不要声张，他躲在墙角向外张望了好一会儿，悄声道："南初派了人跟踪你，不过已经被我甩掉了。”

蝉声轰鸣，杨树叶被温热的夏风吹得直响。

他这才放松下来，将她从头到脚看了个通透。

“南初说你手腕受伤了，严重吗？”

“骗她的，我不过是想找个借口出来一趟。”

青岑不信，牵起她两个手腕仔细检查一番才作罢，又看了看她肩颈处的伤：“瘀痕淡了很多，但还是尽量多注意些。”

“你跟着我出来，就是为了这个？”

“不然呢？”青岑道，“我又不知道你另有缘由，还以为你真的受伤了。”

两人相视一笑，只这淡淡的一笑，所有误会顷刻间化为乌有。

“我有要事要去和叶扶苏回禀，一刻也耽搁不得！”

“什么事能和他汇报，不能和我说？”

“来不及了，回头再和你细说！”

青岑一把拽住她道：“不行，今天我们必须把话说清楚！小烟，从现在开始，咱们不能再这么打哑谜似的交流下去了！敌人在暗，你我在明，若是再生出许多不必要的误会，浪费时间不说，还有可能让你身处险境。所以……不要让我再从别人那里获取你的消息，我的忍耐有限！”

蓝玉烟急火攻心，青岑却面色凝重，不准她挪动半步：“我不管你有什么天大的事，现在必须听我讲完！小烟，当初鞑靼之行为了救出叶扶苏，我混进了沈家，你骗过了温兴泽，我们各自欺瞒着对方，虽然最终救出了叶扶苏，也查出他们的阴谋，但我们为此付出了多么惨痛的代价，你难道忘了吗？”

蓝玉烟身子一震，盛夏酷暑，这话让她周身发凉。

一共三条人命，温兴泽和沈家两姐妹，如此惨痛的代价，她怎么可能会忘？

青岑道：“就是因为我们各自为政，没有联起手来，最后才搞得伤亡惨重，若是我们从一开始就统一战线，同仇敌忾，结局一定是另一番景象……”

青岑说得对，他们原本是最默契的搭档，理应并肩作战，现在各管各的，彼此的消息、线索都没有互通，只会给敌人可乘之机。

蓝玉烟再找不出任何理由拒绝，乖乖和青岑握手言和了。

二人一同飞奔至叶府，路上利用最短的时间将各自查到的线索汇总整理，短暂交换了一下想法和意见。

地牢里的发现非同小可，必须先回禀叶扶苏一声，接下来便是皇上。

来到叶府门外，青岑让蓝玉烟在一旁候着，不必进去，免得被南初派来的眼线发现，反倒节外生枝。

蓝玉烟一听也有道理，就在街角乖乖地等着，可这一等就是大半日，直到天色擦黑，青岑才出来。

不知为何，他的眼眶竟有些泛红。

蓝玉烟一见他这副模样，心里“咯噔”一下，青岑从不轻易掉泪，除非……

青岑上前一步，轻轻将她拥进怀中，声音沙哑道：“小烟，你坚强一点儿，小英她……出事了。”

三

小英是在她生辰后的第十天离世的。

她在叶府后花园受惊后，持续不断的高烧引发了早产，早产又引发了血崩，最终要了她的命。她肚子里的女婴也没能活下来。

叶扶苏封锁了这个消息，除了叶府里的下人，就连叶大人也不知道小英母女身亡的噩耗。

叶扶苏没办法相信这是真的，他无法说服自己接受这个事实。

他让下人将小英穿戴整齐，将女婴用红布包裹，送到了西山的清风观。

青岑突然闯进叶府的时候，叶扶苏还骗他说，小英前往清风观待产了，那里清净凉爽，适合孕妇休憩。

换作旁人可能就信了这话，但青岑没信，叶扶苏魂不守舍的样子让他起了疑心，他知道叶扶苏不是一个能藏得住心事的人，他的喜怒哀乐全写在脸上。

那天，青岑在叶扶苏脸上看到的是一片死灰般的绝望。

青岑叫来下人，这才得知小英早就血崩而亡，而叶扶苏无法接受这个事实，他疯魔了，独自对着空气自言自语：

“小英就快回来了，她会给我带回一个漂亮的女儿。对了，我得给她取一个好听的闺名，可是取什么比较好呢？”

青岑当即派人去通知了叶大人、皇上和皇后，又派人去太医院请了医术最高明的太医来诊断叶扶苏的癔症。

忙完这一切，他才想起小烟还在门外等着。

他陪着小烟站在街角的槐树下恸哭了一场，哭完了，蓝玉烟说她得走了，云韶府的地牢里还有四十七名虚弱的失明少女等着她去解救，小英和她的孩子在天有灵，会原谅她没有去清风观见她们最后一面的。

她也没有去见叶扶苏，叶扶苏的魔怔，她很久以前就领教过。当年他得知自己身上流淌着皇族血液时，也被迷了心窍，变成了另外一个陌生又可怕的人。

但他后来又清醒了，虽然经历了一番波折，但他总归是清醒了。

这一次，蓝玉烟相信他也会清醒的，可能需要几天的时间，也可能需要十年，毕竟他的心不是铁打的，但面对这样巨大的灾难，总得给他一点儿时间从悲痛中走出来。

蓝玉烟并不知道她做了一个错误的判断。

四

如果那一晚，她能走进叶府看一眼叶扶苏，就会发现他这一次的疯魔非比寻常，老天夺走了他生命中最重要的东西，那种悲痛不可能不治而愈，他需要比从前更多的鼓励、关怀和开导，但蓝玉烟恰恰认为她和叶扶苏都是共同经历过风雨的人，这一路的磨砺会让他变得坚强。

但有时苦难并不会成就一个人，它只会诱导人们走向另一个极端。

太医院的名医们闻讯赶来，给叶扶苏开了疏肝安神的药，几服汤药喝下去，接连数日没有睡过觉的叶扶苏终于能入睡了，醒来后也不再独自对着空气自言自语了，旁人问他什么，他也能如实答上来，只是精神仍然萎靡虚弱，大夫说要静养一段日子才能好利索。

青岑本来想帮叶扶苏料理小英母女的后事，被他一口回绝了，他派人做了上等的棺木，让妻女入殓，但没下葬，依旧在清风观停灵几日。他说等自己彻底好了，要亲手操办，将她们正式下葬。

叶扶苏遭受这么大的打击，青岑便将云韶府里的事瞒住了没说，恰巧转天皇上皇后一同来叶府吊唁，青岑乘机向皇上回禀了此事。

皇上勃然大怒，当即要派兵搜查云韶府，将那些少女即刻解救出来，但青岑说时机还没到。将这些少女从地牢中解救出来非常容易，仅凭他和小烟两人就能完成，但他们的最终目的并不仅仅是解救这些少女，而是查出是谁将她们关押于此，目的究竟是什么。

找到幕后的真凶才是关键。

只有破解了这个谜题，才能彻底拔除扎根在云韶府深处这颗巨大的毒瘤，或许也能就此找到知念死去的真相。

“这些被关押少女的身份目前还不能确定，但是能将这么多人明目张胆地关在地牢里，幕后真凶的权力一定不小，甚至官级也不会太低，因此我需要圣上拟一道密旨，赐予我一份特权，这样真正审讯时，我和小烟就不必被官权辖制了。”

皇上道：“拟密旨不难，只是你现在可有详细计划了？如今那些少女还被关押在地牢，应该尽快解救她们才是！”

青岑道：“这几日我和小烟正在密谋此事，皇上大可不必担心，小烟此刻就在云韶府，她会盯紧地牢，确保她们不会出事。”他放低音量道，“这件事也需要圣上的配合，月底就是大暑，每年云韶府都会举办一场消暑的宴会，到时……”

皇上一边听着青岑交代细节，一边暗暗点头，窗外冷不防传来一声巨响，把两人都吓了一跳。原来，叶扶苏睡醒了，觉得肚子饿，喊不来人，自己下床来找，却迷迷糊糊地撞翻了廊下的花盆。

二人见叶扶苏能下地了，又一直喊饿，大喜过望，忙让下人熬了精致的清粥小菜，坐下来陪着他吃。

叶扶苏的精神果然振奋了许多，眉宇间的英气也恢复了，只是不能提小英和孩子，一提情绪还是会激动。

青岑为了哄叶扶苏高兴，便将小烟隐姓埋名潜入云韶府的事迹说给他听，听得他连连发笑，恨不得马上就去云韶府见她一面才好。

皇上也说，不要让叶扶苏一个人闷在家里，怕他胡思乱想，容易添病，不如让青岑带他去云韶府参加月底的消暑宴会，只当散心。

但地牢里的事，两人都没透露一点儿风声，叶扶苏眼下的状态不好，他们生怕他知道了这么可怕的事，情绪会再度失控。

五

当夜青岑回到云韶府，一进门就撞见南初在厉声斥责蓝玉烟。

她总也练不好琴，任凭南初翻来覆去一遍遍地教，就是一点儿长进也没有，竟连琴谱都看不懂。

南初哪里知道，蓝玉烟不是学不会，而是心里有个结，压根儿不想碰琴。自从温兴泽死后，她家里的曲谱烧的烧，扔的扔。

蓝玉烟不想在这个节骨眼儿招惹南初，实际上，她不想在任何场合招惹南初，对于她这样的厉害角色，最好的办法就是礼让、回避，要让她每一次的全力出拳都打在棉花上。

蓝玉烟不急不恼道："这么热的天，别再把南初姑娘气坏了。我笨手笨脚的，大不了月底的消暑宴会我不上场便是了！"

这话正中青岑下怀。

他巴不得她不上场，在那么多陌生男子面前载歌载舞，大献殷勤，光是想想，就会让他冒出想打人的冲动。

南初最恨人不长进，不由得骂道："没出息的丫头！你以为你不和大家一块表演就能躲到一旁偷懒了？我告诉你，就算你不上场，也得给我站一整晚，端茶倒水地伺候着！"

青岑听了这话忙道："这是自然，都是同吃同睡的一众姐妹，没道理让她独享清闲。我看这样吧，让这个笨丫头在我身旁伺候着，也免得她笨手笨脚，惹你生气。"

南初还以为青岑是在为她着想，猝不及防地飞红了脸庞，嚣张的气焰顿时锐减了几分。

青岑看了蓝玉烟一眼，淡淡道："还愣着干吗？交给你的活都办妥了？"

蓝玉烟心领神会，火速退下了。

青岑口中的"活计"是找苓儿的下落，自从上次蓝玉烟和她短暂地交流过一次，苓儿就像人间蒸发一般，没了踪迹。

青岑也问过南初苓儿的下落，南初只说苓儿告了假，去远亲家住些日子。

青岑对此持怀疑态度，因此让蓝玉烟和阿松分头去找苓儿的下落。蓝玉烟在云韶府里四处查探，阿松则去城里找找南初口中所谓的远亲。

潜意识里，青岑希望南初不要知道得太多，不知者无罪，他希望她只是单纯地被薛淳利用。

尽管他也清楚，南初作为薛淳最器重的人，她的底细注定无法清白。可他仍然顽固地希望南初会是个好人，至少，不要坏得太彻底。

南初总会让他想起曾经辜负过的另一个女子，沈雁南。

他对她的亏欠，此生都无法偿还。

沈雁南死后，他就竭力避免再与其他女子有任何瓜葛，但越是这样，越是事与愿违，做了云韶府的官，插手了知念的命案，他不得不和南初打起了交道。

坦白讲，他不是看不见南初眼里的殷切，那是一种拼命想获得他认可和赞美的殷切，她有意无意在他面前的炫耀、挑衅和示弱，他全都了然，他只是不能，也不敢回应。

曾经他回应过一位女子的心声，虽然只是逢场作戏，但也恰恰是逢场作戏，换来的是边境的一座荒冢，她长眠在那里，生生世世，让他不敢去怀念，也不敢就这样忘记。

那样的煎熬他此生都不想再体验，他千躲万躲，怕的就是对人有所亏欠，怕的就是不知道拿什么去还。

可他又不得不和她接触，甚至利用她的殷切，从她身上套取线索和真相，谁叫他是官？做了官就得尽这份责，不然辜负的人更多。

所以他暗暗希望南初是无辜的，她的罪名不要太重，他想给自己一个理由放她一马，那个理由不能太牵强，起码得骗过他的良心。

六

每年大暑当夜的消暑宴会，原是礼部自娱自乐的一次集体活动，一来为了考核一下姑娘们的技艺、才能；二来为了上下齐聚一堂，联络联络感情。

民间大暑这天有喝伏茶的习俗，云韶府喝的是独创的“藏魂茶”，用花栖巷尾合欢树上的树叶熬制而成。

薛淳说，十年前枉死的七七四十九名少女的魂魄就藏在那两棵树里，所以给合欢树叶起了“藏魂草”这个名字，还说喝了藏魂茶，人的烦恼痛苦都会藏起来，慢慢就不见了。

喝藏魂茶这个习俗是近年才有的，早年的消暑宴会一直由康大人主持，直到他办了病退，不大参加这些娱乐活动，才由薛淳来一手操办。

今年和往年一样，依旧是薛淳坐镇，青岑和蓝玉烟都已做好准备等他归来。

此前青岑派阿松去找过薛淳，想找个借口提早接他回来，可阿松捎来口信说薛淳并未回老家，街坊四邻都说好几年没见他回来了。

阿松多方打探，好不容易才得知，薛淳在东海港口盖了一座新宅，这些年他经常在那里小住，老家反倒很少回来。

等到阿松快马加鞭地赶到海边新宅，却又扑了个空。新宅里的下人说，薛淳大人已经返京，去参加云韶府里一年一度的消暑宴会了。

薛淳返京当日，青岑装作无事发生，热情地为他接风洗尘。

薛淳并不知道青岑派人调查过他，依旧和大家客气寒暄，还假装从家乡带回了特产，一一分给众人。

到了第二晚，消暑宴会当夜，好戏缓缓拉开了序幕。

出乎薛淳意料的是，叶扶苏竟然也到场了。

薛淳抵京的当天就听说了叶府的噩耗，还没等他前去吊唁，叶扶苏倒自己跑来参加宴会了。

青岑向他解释了这里面的缘由，说是怕叶扶苏在家里闷出病来，让他过来喝几杯酒，听几首曲子，看时机差不多了就找个借口送他回去。

叶扶苏的到来使得消暑宴会的前半段相对平静，大家静静地品酒赏舞，除了给姑娘们拍手叫几声好之外，众人基本都不怎么交谈。

叶扶苏完全没有觉察大家的不自在是因他而起，大家对这位长官都不熟悉，又听说他家中遭遇变故，都不敢聊得太热络，生怕勾起他的伤心事。

薛淳和叶扶苏本来有不少共同话题可以聊，他们都厌恶汤大人，无法接受他提出来的馊主意，二人又是平级，本该惺惺相惜。

可是这一晚，薛淳悄悄打量着叶扶苏，只觉得他的精气神儿大不如从前，他憔悴迷惘，眼底全是悲戚，整个人都很萎靡，心里很是怜惜，但又找不到恰当的话安慰他。

薛淳注意到，叶扶苏总是不住地打量站在青岑身后那个端茶倒水的姑娘。

他这才记起来，她正是之前英勇救人的那位姑娘，南初给她起了个新名叫“合欢”，俗气是俗气了一点儿，但依旧盖不住她身上的灵动气质。

也难怪叶扶苏会被她吸引，即使她只是站在青岑背后端茶倒水，也很难不让人注意到她，那双大眼睛骨碌碌直转，有一种说不出的伶俐机警。

细细端详之后，薛淳越发觉得这姑娘娇俏可爱，越看她越有几分知念的影子，一时竟有些失神。

这世间能和知念相媲美的人太少太少，人们只能模仿到一点儿皮毛，永远也抓不到精髓。

这一年死了太多人，生死变得寻常，人们总觉得来日方长，万事都来得及，殊不知命运总是暗藏玄机，见一面少一面，来日并不方长。

青岑见薛淳开始长吁短叹，意兴阑珊，知道酒喝得差不多了，接下来该转入正题了。

他交代阿松先送叶扶苏回府。一开始叶扶苏还不肯，不知是不是没喝尽兴，众人劝了几次他都不肯走，最后还是阿松使出蛮力，才将他连哄带骗地拖走了。

叶扶苏一走，众人都松了口气。

终于可以像往年一样尽情地载歌载舞了，鼓声开始变得密集，琴声也加快了，姑娘们不用再紧张兮兮地瞄着叶大人的脸色，都放松下来，舞步也变得轻盈了。

在这片轻松愉悦的氛围中，又一位贵客从天而降。

此人正是之前和青岑密谋好的重量级人物，当今圣上。

七

皇上对云韶府里目瞪口呆的众人声称今夜微服私访，路过花栖巷，被这里的曼妙歌舞声吸引，所以来这里蹭顿酒喝。

云韶府创立十年，皇上从未踏足半步，今夜忽然从天而降，但凡有点儿心机的人都明白，此行绝非蹭饭这么简单。

可没人敢问他前来赴宴的真正目的，众人齐齐望向薛淳，看他会作何反应。

薛淳看上去很冷静，他对皇上的突然造访表示理解，客气而又不失热情地款待了他，但没人知道，他此刻的内心是怎样的胆战心惊。

能让皇上御驾亲临，这里面牵扯的事宜必然非同小可。

皇上是有备而来，他一定知道了什么。

薛淳努力掩饰着恐惧，竭力不让端着酒杯的手抖得太厉害。

他不知道，一旁的青岑已经观察了他整晚，他精心策划，密谋数日，等的就是这一刻。

那些不明就里的姑娘由紧张变得兴奋，云韶府来过不少大人物，可哪一个能比得上皇上尊贵？

平日舞技高超的姑娘们开始暗暗地摩拳擦掌，此刻不管是落难的小姐还是民间的野丫头，都清楚她们遇到了千载难逢的大好机会，抓住这个机会，她们的命运将从此被改写。

蓝玉烟注意到，她们之中最争强好胜的南初却出奇平静。

她收起了曾经张牙舞爪的利爪，收起了自认为天下无双的个人魅力，像是故意要把自己藏起来，悄无声息地躲在一旁，比青岑背后的蓝玉烟还要不起眼。

宴会进行到了第二个阶段，气氛空前高涨。

年轻英俊、威严又不失亲切的皇上让众人都感受到一种难得的欢愉，他带领众人为这千年难遇的欢宴而尽情高歌。

酒，一杯接一杯地喝。

歌，一首接一首地唱。

酒过三巡，皇上醉了。他突然叫停，让正在兴头上的姑娘们停下，说夜已深了，该早些回去休息了。

姑娘们面面相觑，这突如其来的圣旨让她们不知所措。

皇上让她们别害怕，说："你们跳得都很好，比宫里那些御用的舞者都棒，能拥有这样优秀的舞者乐师，是朝廷的荣幸。我要好好犒赏今日为我献舞的每一个人。"

但犒赏什么，金还是银？翡翠还是玉石？皇上并没有直说。

皇上接着说："听说你们都是没有爹娘的孩子，这样的孩子最缺的是金吗？是银吗？都不是，他们缺的是一位待他们像亲人一样，正直又可靠的父母官。朕要赏赐给你们的就是这样一位父母官，但，不是今夜。"

皇上这番云里雾里的话，听得姑娘们一头雾水，但有一个人听懂了，实际上她也似懂非懂，但她听明白了"犒赏"两个字，皇上的话不是一般的话，他的话是圣旨，是钦赐的，有了这层关系，云韶府的姑娘们就有了固若金汤的庇护，她们永远不会惨死在花栖巷尾的合欢树下，皇上不会准许她们枉死的。

南初第一个读懂了皇上御驾亲临的重大意义，她第一个跪了下去，以最虔诚的姿态、最感激涕零的心境。

她身后，一大片姑娘们跟着呼啦啦跪倒。这片跪拜之中饱含着敬重和庄严，她们跪拜的不只是一国之君，她们跪拜的是自己终于露出曙光的宿命。

但皇上确实有些醉了，如果他没醉得这么厉害，或许他能看见领头跪着的那个姑娘眼中含泪，或许他会准许她免礼平身，再亲切地问她一句，你为什么要哭？不如说给朕听听。

这样一来，所有谜团都将一一破解，所有的悲剧都将在今夜画上句点。

但皇上并没有注意到南初，他只是指着她道："看样子你是带头的姐姐，赶快带着妹妹们回去休息吧！朕答应给你们的犒赏，或早或晚，总会送到的。”

圣旨难违，哪怕它听起来只是一句亲切的叮嘱。

南初领命带着众人退下的时候，蓝玉烟很想让她留下，她是重要的人证，这么重要的场合怎么可能少得了她？

蓝玉烟疯狂暗示青岑，青岑也收到了她的暗示，但他没有做出任何表示。

过了一会儿，蓝玉烟明白过来：青岑不想让南初在场，不在场，罪名就能少一条，罪名越少，最终定罪就会越轻。

他想包庇南初，他想放她一马。

蓝玉烟也并没有要将南初置于死地的心思，但是这条生路变成了青岑给她的，意义就全变了。

眼下她没法深究，也不能张口叫住南初，毕竟她此刻仍是“合欢”，还没到她暴露身份的时候。

至于薛淳，他一门心思在研究为何皇上会空降云韶府，哪里还有余力顾及南初和她？

蓝玉烟恰好得以正大光明地站在青岑身后，留了下来。

待众人纷纷退场，大厅里只剩下皇上、薛淳、青岑，以及蓝玉烟了。

下人端来两碗藏魂茶，皇上喝下一碗，留了一碗在桌上，他心不在焉地把玩着碗里的合欢树叶，喃喃道：“薛大人，我把人都撵光了，也算是给你留足了面子，现在该你认罪了吧？”

薛淳“扑通”一声跪倒：“微臣有罪！”

皇上冷笑道：“你应得倒痛快，朕倒想听听看，你何罪之有？”

薛淳低头道：“皇上说臣有罪，臣不敢不认！”

皇上忽然变得无比愤慨：“当年朕见你能力出众，几次想要提拔你，可你统统一口回绝，说什么甘心留在云韶府，把这里当成你的家，把这里的姑娘当成你的亲生骨肉！亏朕当初还被你的一片赤诚之心打动！可你就是这么对待亲生骨肉的？把她们关押在地牢里，活活折磨她们？”

剩下的一只茶碗被皇上连汤带水砸向薛淳，碎裂的瓷片四处飞溅，擦伤了他的脸颊，他动都未动。

答案揭晓了，皇上果然是为这件事来的。

云韶府把这个惊天秘密藏了十年，也是时候揭开了。

薛淳道："既然皇上已经知道此事，当务之急是将那些孩子从地牢中解救出来。我的罪，皇上稍后再细细定论也不迟。"

皇上闭上眼，长长地叹息一声。

他本想诈一诈薛淳，心里还怀着一丝期待，期待他为自己辩解、喊冤，但这狗奴才竟然一上来就招供了！

皇上道："薛淳啊薛淳！你果真辜负了朕对你的一片真心！那四十七位姑娘不劳你操心，就在你饮酒作乐的时候，朕已经派人将她们从地牢里解救出来，送去清风观治病调养了。"

皇上的头很疼，更疼的是他的心，大灾之年，遍寻贤才能人而不得，偏偏曾经器重的大臣又背叛他，他一肚子的怒火不知该往何处发泄。

他将薛淳从地上拖起，揪住他的衣领大骂："康大人知道这件事吗？你是不是被他逼迫的？你们这帮人个个位高权重，每日在这里寻欢作乐，地下却关押着数十条鲜活的人命，你们的良心就不会痛吗？还是良心都叫狗吃了？"

薛淳任由皇上推搡咒骂，面无血色。

薛淳整个身子都伏在地上，青岑和蓝玉烟都看不清他的表情。

皇上骂累了，酒也醒了，但藏魂茶似乎并未发挥效力，他的烦恼丝毫没有减半。他瘫在椅子上待呼吸平稳，呵斥道："薛淳，你现在将地牢里那四十七名少女的来龙去脉一五一十地告诉我，若有半句虚假，朕让你死无全尸！"

薛淳跪在地上久久不说话。

半晌，他抬起头来："回皇上，您错了！"

他直视着前方，目光忽然失神，一字一顿道："皇上，您数错了，并不是只有这四十七名少女，还有两名，一共七七四十九名。每年四十九名，十年，就是四百九十名。皇上，臣罪该万死——"

那个"死"字无比凄厉，像是哀号，划破了这无比暗黑的深夜。

第七章 三重花

一个人的心里只有输赢，他会越来越优秀，但一个人的心里若是始终装着别人，他最终会收获爱意和尊敬。

一

蓝玉烟幼年时曾听乳母讲过许多离奇夸张的鬼故事，故事的主角可能是鬼魂、妖怪或猛兽。那时她尚且年幼，不知恐惧为何物，有一晚她做了噩梦，梦里闯进一个面目狰狞的红衣女鬼，她大哭着醒来，从此天真烂漫的童年便留下了这道黑影，抹也抹不去。后来每当她觉得惶恐不安时，那黑影便如影相随，阴魂不散地缠着她。

直到这一晚，纠缠她的黑影被另一份巨大的恐惧取代。

薛淳讲述了一个让人永生难忘的“鬼故事”。

这个鬼故事里的主角不是鬼魂、妖怪或猛兽，而是一群如花似玉的少女。

十年前，一位无名富商买下了花栖巷的地皮，建起了第一间名叫“云韶坊”的酒肆。那一年恰逢百年难遇的大旱，各种求雨祭祀都不见效果，当时在位的钦天监汤大人便提议用牛羊千头作为祭品，并在民间搜刮了七七四十九名少女，于那一年农历七月十五日，在花栖巷尾的空地开坛祭祀，并命令这些少女全程献舞，中间绝不准停歇。

但其实，这七七四十九名少女并非随便从民间搜刮而得，她们全部来自云韶府。

当时礼部尚书康大人和汤大人私交密切，又都喜好神仙方术，痴迷修炼长生不老药，他们从古书上求得所谓的秘方，用少女的眼泪作为药引子，而这些少女必须符合两个条件：一是必须农历七月出生，二是在农历七月出生的基础上，身上长着“福痣”。

这也就解释了为什么此前青岑在核对云韶府花名册时，发现凡农历七月出生的女孩下场都很离奇，不是暴毙就是失踪，这种情况持续了近十年之久，绝不可能是巧合。

痣是第二个重要的线索。

蓝玉烟第一次进潋滟池里沐浴时，被一众妹妹围观，发现她既是农历七月出生，身上又长有福痣，便断定她会被选入宫中，甚至有机会成为藩王的王妃。

蓝玉烟后来核实过，宫中从未接收过符合这两个条件的女孩子，她们根本没有被选入宫中，而是被悄悄转至云韶府的地下，成了康、汤二人的“实验品”。

这是薛淳亲口承认的，更重要的是，地牢里关押着的四十七名少女并不是全部，她们只是其中的一部分。

这十年来，康、汤二人从没有停止过搜刮无辜少女的步伐，他们对古书上的提示深信不疑，已经到了走火入魔、丧心病狂的地步。

古书上称，想要炼就长生不老仙丹，需要一种特殊的药引子，名叫“三重花之泪”，即地花、人花、天花。

这三种花虽然名义上被称作花，其实是指代三种不同类型的少女。

其中地花少女数量最多，需要七七四十九名，另外天花少女和人花少女各一名，她们必须全部符合上述的两个条件：农历七月出生，身上长有福痣，这证明她们是最适合入药的“天选之女”。

“三重花之泪”，即这些被选中少女的眼泪，每逢月圆之夜，炼药者要采集她们的眼泪，用琉璃器皿盛装，采够七七四十九次为一个轮回，接下来再开始一个新的轮回，如此周而复始，直到这些可怜的女孩子慢慢枯竭，再无眼泪可流。

人花少女即生活在人间的少女，因为只需一名，相对易得，一般都从被云韶府淘汰的姑娘当中选取，若是资源不够，康、汤二人还可以从宫中源源不断地输送过来。

康、汤二人利用职权之便，坐拥云韶府这样一座天然“药铺”，所以地花少女和人花少女的眼泪通常比较容易弄到。

最难求得的是那唯一的可遇而不可求的“天花少女”。

“天花”即“神明选中的少女”，古书上记载，农历七月十五日出生的少女可视为“天胎”，等她长到十八岁，即可蜕变为“天花”，同样要在她身上采取七七四十九次眼泪用做药引子。

只是农历七月十五日出生的少女并不好找，而且必须到她十八岁时，“药引子”才能奏效，这个条件相对苛刻，所以要将“三重花之泪”全部集齐，并非一件易事。

因此炼药的过程并不总是一帆风顺，“天花少女”极其难得，并不是经常能遇到，开始时康、汤二人还能耐心等待，这两年康大人病魔缠身，一心想病愈，对“长生不老药”的渴求已经达到了癫狂的地步，一边疯狂地在民间搜寻农历七月十五出生的天花少女，一边不断地迁怒于地牢里关押着的少女们。他总疑心她们的眼泪不够纯，稍不顺心就会大开杀戒，反正云韶府里最不缺的就是女孩子，他觉得她们的性命比草芥还要轻贱。

十年前，钦天监汤大人提出要用少女为祭祀献舞时，康大人就将地牢里关押着的，还没来得及采药用的少女们慷慨相赠。她们舞了三天三夜没有停歇，终于累极身亡，康大人却笑称：“能在祭祀中死去，是她们的荣幸。”

人们都以为在那场祭祀中死去的女孩是这场灾难的终点，殊不知，灾难刚刚拉开帷幕。

十年间，云韶府在它风光旖旎的外表之下，阴险狡诈地藏起了 “人间炼狱”的真实面目。薛淳的到来让云韶府的残忍和邪恶收敛了一点，看上去不那么赤裸和明目张胆，他用看似真心的仁慈替康、汤二人掩盖着所有的罪行。

但这种表面的宁静和谐恰恰成了最让人不寒而栗的地方。

蓝玉烟觉得往后余生都不可能再听到比这更恐怖的故事了。

此刻她终于明白了南初为何那么固执地要把她赶走，想明白了才更让人后怕。

南初从一开始就知道，农历七月十五日出生的姑娘会被当成“天花少女”炼药，所以她的反应异常激烈，并且再三叮嘱她不准说出去。

她端给蓝玉烟的合欢汤里下了蒙汗药，是真的想趁她熟睡后拖出府外，谁承想，薛淳抢先一步下令将她留住，而另一边，不知情的苓儿又将蓝玉烟唤醒了。

只有一点蓝玉烟想不通：既然南初和苓儿都知道地牢里的秘密，为何不找机会抖搂出来？她们究竟在怕什么？为什么还要帮那几个狗官隐瞒，将这罪行一藏就是十年？

不光她想不通，皇上也想不通。

礼部尚书康大人、钦天监汤大人，他们做官的年头比他做皇帝的年头都久，这两个狗官就在他眼皮子底下残害少女长达十年之久，这难道不也是他的失职吗？

不把这两个家伙当众问斩，不足以平民愤！

但最先处置的依然是薛淳，这厮知情不报，十年里眼睁睁看着那些姑娘陆续死掉而无动于衷，和那两个老贼狼狈为奸，罪加一等！

皇上颤声道："薛淳，你这个狗奴才，只可惜你妻女已故，不然我定要将你满门抄斩，让你也尝尝什么叫作痛不欲生！"

听见妻女的名字，薛淳忽然泪流满面："奴才恳请皇上为我妻女正名，这罪行是我一人犯下，与她们并无关联！她们如今……如今……"

薛淳由一开始的悲戚转为号啕，众人面面相觑，不知这家伙唱的是哪一出。

薛淳伏在地上恸哭良久。

青岑轻声提醒皇上："薛淳似乎有难言之隐，您先消消气，听听他有何话要说，再定他的罪也不迟。"

皇上略微平复了一下道："你在这里为非作歹，丧尽天良，叫我如何为你妻女正名？"

薛淳跪直了身子，仰天咆哮道："皇上，请不要给我妻女定罪，她们是无辜的！她们的骨灰早就被康大人夺去了！"

众人都被这话吓到了，这真是一个离奇的夜晚，一个接一个的怪谈把这荒诞的夜晚填满了。

薛淳眼含热泪，哽咽着说出了这十年来他被康大人胁迫的真相。

十几年前，薛淳初进官场，经康大人一手提拔，原想跟着他施展拳脚，大干一番事业，却意外发现了他和汤大人的勾当。薛淳拒绝和他二人同流合污，康大人就派人挖了薛家祖坟，盗走了薛淳妻女的骨灰。他以此来威胁薛淳，若是他不听调遣，随时可以把骨灰毁了。

皇上彻底火了，他已经无法再控制杀人的冲动了："既然如此，你还等什么？马上去把那两个老家伙的人头取来见我！"

可薛淳一动未动，仿佛没听见皇上震耳欲聋的咆哮。

"大胆薛淳，你还想违抗圣旨不成？"

"没用的，皇上，只捉拿康、汤二人，只怕无济于事！"

"无济于事个屁！你少在这里拖延时间……"

"皇上，您还不懂吗？那两位大人之所以如此猖獗，是因为他们背后……有人撑腰！"

皇上愣住了。

青岑和蓝玉烟也愣住了。

能有资格给礼部尚书和钦天监撑腰的人，整座皇城除了李太后，再找不出第二个人来。

二

任谁都想不到，残害少女的幕后真凶，竟然是李太后。

她就是十年前买下花栖巷的那位无名富商，她挪用国库公款，斥巨资建造了奢靡的云韶府。它从一开始就是一座用来培养药引子的巨大器皿，不过是康大人和李太后里应外合，才让私有的“云韶坊”摇身一变，成了公家的“云韶府”。他们打着为朝廷培养优秀歌者和乐师的幌子，招摇撞骗，为自己炼永葆青春、长生不老的仙丹。

那富丽堂皇的地下宫殿，为什么不是石头制的，不是泥土砌成的，偏偏是琉璃制成的?

因为太后一向偏爱琉璃，觉得它干净纯澈，用琉璃来盛装少女们的眼泪，再合适不过。

凡牵扯到此案的真凶都得死，这点毋庸置疑，但那毕竟是李太后，他的生母，皇上犹疑了。

在审讯薛淳的过程中，他一直战战兢兢，生怕牵扯到李太后，她还真是没让他失望啊!

在她寝宫中拾得的那半截银汤匙，极有可能是康、汤二人进出她的寝宫遗落的。被她亲自撵走后就杳无音信的那些宫女，最后也必定落到了那两个家伙手中，从她们当中挑选符合条件的“人花少女”……

一时间，皇上头痛欲裂，闭着眼沉吟，不知该做何打算。

忽然，一股茶香扑面而来，他睁开眼，看见小烟一脸关切，手里的托盘上放着一盏刚煮好的藏魂茶。

“皇上，您请用茶。”

“这茶好苦。”

其实苦的不是茶，而是他的心。

“合欢姑娘，方才薛大人的话你也听见了，如果是你，你的生母犯了错，你该如何处置？”

“皇上，天子犯法，理应与庶民同罪！这有什么好犹豫的？”

“你……你难道要我将母后送往午门斩首吗？”

“那确实有悖伦理纲常，不过死罪可免，活罪难逃。再说了，皇上，您和太后毕竟是母子，有账大可以日后慢慢再算，当务之急，应该先捉拿主犯！”

一句话提醒了皇上，他马上传旨下去，速将康、汤二人捉拿归案，领命的太监还没等出门，就和一个人结结实实地撞了个满怀。

来人竟是阿松，他跺脚道：“青岑，快和我一同去清风观，叶扶苏活捉了康大人和汤大人，要把他们送去清风观处置呢！”

众人听了皆是一惊，叶扶苏不是已经回府了吗？

阿松急得吼了起来：“他压根儿就没走，路上他还骗我，说要自己回家，我实在拗不过他，只得任凭他去。谁知这家伙根本没回家，而是折了回来，一直躲在暗处偷听你们的谈话，还说早就听说皇上会来，若是能把皇上都给招来的案子，肯定不小！他刚一听到康、汤二人囚禁少女就受不了了，整个人疯了一般，冲出去就没影了！我找了好久，还是街上的捕快发现了他的踪迹……”

青岑没等他说完就飞身上马，立刻赶往清风观，叶扶苏的疯症原本就没痊愈，承受不住这样的刺激，况且清风观里还有刚刚被救出的四十七名少女，她们千万别受到牵连！

实际上，青岑的担心是多余的。

三

他赶到的时候，康、汤二人已经被五花大绑，捆在了两根粗壮的木桩上，底下堆满了枯草，叶扶苏正在往上头倒松油。

叶扶苏不觉得自己疯了，他心里一片澄明，他分别闯进康、汤二人的家里，打伤了数十名家仆，将这两个狗贼带来清风观的时候，已经想好了结局。

苍天无眼，他的妻女明明善良无辜，老天却让她们说死就死，像康、汤这样的畜生却还想长命百岁，既然如此，他便替天行道，替所有无辜的人来主持正义。

他省去了中间所有的烦琐程序，直接点燃了松油，给这两个畜生来了一个了断，他没疯，他只是在做一名父母官该做的事。

大火瞬间涌起，暗夜里盛开了一簇绚丽的烟火。

冲天的火光中，叶扶苏神色坦荡，他看着火速赶来的青岑，淡淡道：“该我做的事，我做完了。”

随后赶来的官兵要将叶扶苏拿下，被青岑厉声喝退。

兄弟一场，青岑比任何人都了解他，叶扶苏身为朝廷命官，知法犯法乃是重罪，但他此刻没把自己当成朝廷命官，他只是做了任何一个有良知的人都会做的事。

青岑看着叶扶苏道：“今夜就算你不动手，他日我也会找机会杀了这两个畜生！看来，我们都不是做官的料。”

青岑最终没有将叶扶苏带走，他做主将他软禁在清风观，等他料理完小英母女的丧事再做处置。

这场大火迅猛而热烈，不到一个时辰，柴草垛就被燃烧殆尽，只剩下一堆余热尚存的灰烬。

这场正义的火焰迟到了足足十年，这十年间，多少少女心中曾燃起过绝望的火焰、复仇的火焰，那些在暗夜里肆虐的冲天焰火，也许此生都没有办法熄灭，那幽蓝的鬼火将夜夜出现在她们的噩梦里，余生将如影相随。

青岑派人清理现场，只留下数名官兵在这里把守，他和叶扶苏站在清风观的山顶，并肩而立，两个人很长时间都没说一句话。

山脚下是灯火闪烁的京城，花栖巷依旧是整座城里最明亮的一处，巷尾连着一片绵延的竹林，月色下的竹林变成了一道长长的浓郁黑影。

叶扶苏指着黑影的尽头对青岑说："你看，竹林的另一端就是我家，花栖巷就是它的起点。你还记得我家后花园里住着的疯娘吗？也许当年她就是沿着那片竹林逃进我家的。我猜，她的孩子就是那七七四十九名少女中的一员，她口中念念不忘的合欢花，就是花栖巷尾的合欢树上结出来的。她从一开始就在拼命告诉我们真相，只可惜我们都没听到。"

青岑看着叶扶苏，动容道："我知道你没疯，你放心，我不会让你身陷囹圄。"

叶扶苏凄然一笑："也请你放心，我不会逃，清风观里还住着被解救的四十七名少女，我不会丢下她们独自逃命的。"

山顶的风呼啸而过，风过处，留下一片寂静的山林。

今夜，那些饱受折磨的少女终于可以睡一个安稳觉了。

皇上得知叶扶苏动用私刑，擅自处死了康、汤二人，什么都没说，众人心照不宣，那两个狗官罪行滔天，死不足惜。

用私刑虽然不值得提倡，但这样的死法确实人人称快。

残害少女的两个主犯被绳之以法，这场灾难终于画下句号，但皇上很快遇到了新的难题。

礼部尚书康大人已被火刑处死，行刑人正是他的部下——礼部右侍郎叶扶苏。礼部左侍郎薛淳和康大人狼狈为奸，属于从犯，一夜之间，礼部成了一个巨大的烂摊子，这样的烂摊子谁敢接？谁有能力接？

一时间，皇上还真找不出合适的人选。

他倒是心仪青岑，但青岑断然不应，正在发愁，恰好蓝玉烟给出一个合理的建议。

她建议给薛淳一个机会，让他戴罪立功。

薛淳确实有罪，但他也有苦衷，是被胁迫的。

她请皇上回过头来细细看待整件事：

“皇上，您仔细想想，这十年来，薛大人一直兢兢业业地照顾云韶府的姑娘，地牢里关押着的四十七名少女，他没有能力解救，但对于其他姑娘，他确实给予她们最大限度的庇护，现在就给他定罪，是否有些操之过急？”

青岑也附和道：“合欢姑娘说得对，薛大人确实将这里的姑娘视如己出，知念姑娘死时，薛大人悲恸欲绝，那份伤心微臣是看在眼里的。皇上若不信，大可以随便叫来一位姑娘当面核实。”

被随便叫来的这位姑娘就是南初，其实她的身份很特殊，她属于薛淳的从犯，所有跑腿、打杂、传递消息等活计，应该都由她来承担。她的地位比薛淳还低下，自然更没有能力反抗。

皇上召她来为薛淳正名，但是很奇怪，她看上去并没有想象中兴奋。

这个机会原本非常难得，可她并没有流露出任何感激喜悦之情，也看不出半点儿侥幸心理。她始终面无表情，皇上问什么她就答什么，冷静得让人奇怪。

但不管怎么样，和南初简单了解了情况后，皇上好歹相信了薛淳的为人。

还有另外一个原因是，过阵子扶桑国的泉花泷王爵要来朝觐见，到时云韶府要负责所有接待事宜，青岑上任不久，对其中的程序和细节问题肯定不如薛淳熟悉，恰好蓝玉烟又提出了延缓定罪的建议，皇上思量，决定采纳蓝玉烟的建议。

薛淳闻言立刻磕头谢恩，南初也跟着磕了头，可她眼里全无感激和兴奋。

蓝玉烟觉得十分奇怪，南初也是从犯，免了薛淳的罪，她也能免除罪行，可她为何表现得如此冷漠？难道这样的处决还不够合她的心意？

无论如何，云韶府稳住了，它没有变成一个群龙无首的烂摊子，薛淳戴罪立功，必然得加倍勤恳谨慎，至少短期内，这里的姑娘们尚能有一处安身之所。

琉璃地牢里的秘密揭开了，但知念的死因仍是个谜。

知念的生辰就是农历七月十五，她是十年前被康、汤二人选中的“天花少女”，明年等她满十八岁，就够格成为药引子，可以在她身上采取眼泪了。

把这样千载难逢的“名贵药材”养在人来人往的云韶府，目标如此显眼，被人盯上的可能性极大。

也许有人不想让康、汤二人得手，所以毁了他们梦寐以求的药引子，光是毁了还不够，还要让知念被吊死在合欢树下，身上穿着殷红的鹤氅，衣服上遍布松油，制造出种种假象，让人误以为她要被当作祭品用来祭祀。

这其中的动机再明显不过：有人想嫁祸给康、汤二人，试图引起人们的注意，顺藤摸瓜，查到他们背地里干的丑恶勾当。

按今日种种所见所闻来判断，那个行凶者的目的已经达到了。

但这只是蓝玉烟的推断，怕的就是这案子并非如她想的这么简单，经历过这一晚的重重刺激，她几乎已经对人性失去了信心。人心竟是如此叵测，叵测到靠残害少女来延缓寿命。

她不敢再轻信人性。

当初她觉得南初并不是太坏，现在她持观望的态度。

因为她现在有理由相信，南初极有可能就是那个牺牲知念，来让整个阴谋大白于天下的罪魁祸首。

又或许，南初的动机压根儿就没这么伟大，仅仅是因为知念抢夺了原本属于她的，那个光芒万丈的“京城小蓬莱”的称号，让她动了杀心。

这一切都是有可能的，因为人性本来就是如此复杂。

就算蓝玉烟不愿意接受这个事实，但严峻的事实摆在面前——整座云韶府，再也找不出第二个比南初的嫌疑更大的人。

四

琉璃地牢里的秘密在云韶府是半公开的，除了康大人，只有薛淳、南初、知念和苓儿这几个人知情。

因为地牢里关押的少女需要照料，日常送饭送水的差事最开始落到了南初和知念的身上，后来知念病重，这个差事又转给了苓儿。

薛淳说他不忍心把这么残忍的真相公之于众，他努力地把云韶府打造成一方净土，若是被那些没爹娘的孩子知道这座世外桃源的真面目竟如此狰狞，等于粉碎了她们在这尘世间的最后一丝希望。十年里他竭力封锁地牢里的秘密，为的就是将伤害降到最低。

提起十年里遭遇的种种细节，薛淳仍忍不住眼中泛泪，一半为自己的失职，一半为姑娘们所受的委屈。

薛淳毫无保留地向蓝玉烟分享关于云韶府的一切，并不仅仅是因为她帮他求到一个活着的机会，他从一开始就喜欢这姑娘，尤其当她穿上知念的衣裳，活脱脱就是和知念一个模子里刻出来的。

薛淳说，就是因为这个，当初他离开云韶府回老家，才特地捎口信给南初，要她务必把蓝玉烟留下。

他还说自己是个偏心的人，云韶府里谁是他宠爱的孩子，明眼人一眼就能分辨出来，他也从不为此遮遮掩掩，更不怕招人嫉恨，他觉得自己眼光好，喜欢的孩子，人人都喜欢，比如知念，比如刚来云韶府就和妹妹们打成一片的“合欢”。

蓝玉烟相信薛淳是真心偏爱她，但这份偏爱是沾了知念的光，她才能获得和他面对面小酌畅谈的机会。

这是个大好的机会，有了薛淳的偏爱和认可，蓝玉烟就能从他口中得到更多的信息，关于南初和知念，关于十年前她们的童年，蓝玉烟充满好奇，只有解开这里面的秘密，她才能够判断出南初究竟是不是杀死知念的真凶。

薛淳对蓝玉烟毫无戒心，他态度和蔼地陪着她闲话家常，她问什么他就答什么，事无巨细，毫无保留。

多亏了这一顿气氛轻松的小酌，蓝玉烟才得以了解十年前的南初和知念。

十年前，南初和知念只有七岁，都是少不更事的小姑娘，两个女孩在同一天被带进了云韶府，她们的命运是在同一天被改写的。

那时薛淳还没有被分派到云韶府，里面很乱，每天都有大量的从全国各地搜刮来的女孩子入籍，到处充斥着惶恐的哭声和反抗的尖叫，没有像薛淳那样善良的大人照顾她们，更没有年长亲切的姐姐引领看管她们，所有进到这里的女孩子就像是被流放在荒野里的小兽，努力穿越混乱的荆棘，去寻找可以栖身的安全之所。

就是在这样一片慌乱之中，南初和知念相遇了。

她们两个躲进了同一间屋子，就在走廊尽头，最小、最破旧、最不引人注意的那一间，那间小屋后来成了两人的住所，她们在里面度过了最初一段漫长又混乱的日子。

没有人知道这两个七岁的小姑娘是如何度过那些黑暗煎熬的夜晚的，也许她们曾为彼此打过气，也许她们只是独自舔舐伤口，各自悲伤，从没有过亲切友好的相处。

每个夜晚，那条长长的走廊里，每间屋子里都会传出不同程度的尖叫或哭泣声，偶尔还会传来容器碎裂的声响，那是绝望的少女摔破了茶碗，企图用锋利的碎片结束自己的生命。

总之，在最初的那些夜晚，整座云韶府弥漫着的都是绝望和恸哭。

只有走廊尽头那间小小的破屋里寂静无声，所有悲号恸哭蔓延到它的门口就会戛然而止，它似乎沉睡着，又似乎只是静默着，它不哭不闹，默默地挨过了许多个煎熬的夜晚。

没有人注意过那间屋子，更不会有人知道里面住着朝廷罪臣凌大人的掌上明珠凌知念，另外那个是康大人的手下在路上捡回来的野丫头，连名字都没有，后来还是负责入籍的管事随便给她起了个名字，叫作南初。

知念和南初的与众不同，从那个时候就显露出来了。

最先从那间破屋里爬出来的人是南初。

她在一个伸手不见五指的黑夜里溜出来，摸黑潜进了厨房。云韶府无暇顾及这些络绎不绝的新入籍的姑娘们，分给她们的伙食潦草寒酸，只够她们挨过上半夜，下半夜，她们要么在饥饿中辗转难眠，要么在寒冷中挣扎着睡去。

但南初不一样，她一生下来就被丢在街头，常年的摸爬滚打让她练就了一身炉火纯青的本领，她不识字，不知道自己的爹娘姓甚名谁，但她能想方设法找到食物喂饱自己。

那天，她从厨房里偷来了两个尚带余温的大馒头，从此她便成了惯犯，靠着每晚去厨房行窃，将自己养得生龙活虎。

再后来，薛淳来了，他像神明一样从天而降，带着菩萨般的悲悯心肠，将这些彷徨无助的孩子从深渊里拯救出来。

他沿着长长的走廊，依次叫着每位姑娘的名字，他看到的都是一副副半死不活的虚弱躯壳，一张张生无可恋的惨白面庞。

走到走廊尽头的破屋时，他看到了知念和南初。

她们两个看上去是那样与众不同，不虚弱，不慌张，十分沉静，好像早就做好准备接受被改写的命运，别人仍在奋力挣扎，试图逃脱眼前的宿命，而她们已经准备开始迎接新生了。

薛淳的手下很快发现了南初藏匿起来的赃物，它们装在破棉被下的竹篓里，里面内容丰富，有馒头、肉包、腊肉，竟然还有一块被挤压得不成形的桂花糕。

手下们怒不可遏，手脚不干净在这帮人的眼中是大忌，他们才不管她们的死活，只要求她们安守本分，不要生事。

那些人掀翻了南初宝贵的竹篓，把她像个小鸡崽一样拎起来，抬手就要打，却被薛淳喝止了。

后来南初每每回忆这段往事时，都会忍不住潸然泪下，长大后的南初早已练就一身金刚不坏的铁甲，但这段温馨的回忆，却成了她身上的软肋。

薛淳抬手就给了手下一记耳光，他捡起已经被踩成泥饼的桂花糕，柔声对南初说："我会赔你一块新的桂花糕，热气腾腾，带着蜜枣的那种，但是你要答应我，以后不许再偷东西。"

薛淳没有食言，那一晚，他将所有姑娘从泥沼中救起，带着她们洗净了身上的脏污，给她们穿上了好看的新衣裳，给她们端来了热气腾腾的桂花糕。

那是南初第一次吃真正意义上的桂花糕，不是偷来的，不是冷掉的，薛淳让她明白了什么是做人的尊严，也给她带来了这乱世里无比珍贵的那一点点甜。

相比之下，知念最初的出场方式并不惊艳，她没有南初的野蛮和勇猛，那时的知念只是一个无措的落难小姐，她像所有落难小姐一样内向孤僻，不爱与人打交道。

没人知道知念是从何时开始改变的，她开始向南初学习，以最无畏的姿态接受新生。她的天赋远在南初之上，学什么都很快，渐渐地，知念也开始锋芒毕露，直至碾压南初，两人开始反目。

薛淳说："这也不能怪这两个孩子，大多数人只能共苦，不能同甘，但这并不妨碍她们成为我的左膀右臂。"

后来薛淳开始整顿云韶府的秩序，知念和南初就成了他的左膀右臂，各司其职，有了她们助阵，云韶府的管理越来越有序，来到这里的姑娘们也不再哭天抢地、茫然无措。

薛淳带领着知念和南初，慢慢地将云韶府从"人间炼狱"变成了让人安心的归宿。

但这样的好日子并没有持续太久，知念和南初很快就发现了地牢里的秘密，她们多了一项艰巨而又痛苦的任务，照顾地牢里的那些少女，每逢月圆之夜，要眼睁睁地看着她们哭泣，采集她们绝望的眼泪。

光是这样已经足够折磨人了，这还不是最痛苦的，最痛苦的是，知念竟然成了他们苦苦寻觅的"名贵药材"！

初进云韶府时，各方管理都很混乱，负责登记知念生辰的差官失职，将知念的生辰遗漏了，直到一年后，薛淳重新统计所有入籍姑娘的生辰，才发现这让人惊骇的事实。

一夜之间，知念成了被神明选中的少女，成了“天胎”，成了连李太后都不敢怠慢的“天花少女”，她再也不是和南初同吃同住、同甘共苦的小姐妹了，她的身份再度高贵起来。

虽然这份高贵只能持续到十八岁，十八岁一过，知念就会被打回原形，再也没有了利用价值，但在此之前，她所享受到的种种优待，仍旧让她和南初之间的隔阂越来越深。

而那次不公平的竞争，更是让两人直接决裂。

薛淳把本该属于南初的“京城小蓬莱”的称号给了知念，对别人而言可能不过就是个头衔而已，但对于争强好胜的南初而言，这样的矛盾保不准就会成为她杀人的动机。

故事听完了，蓝玉烟很长时间都没有说话。

五

她觉得这件事不能怪南初，她不过是想求得一份公平而已，这本无可厚非，若真的要追究是谁的错，她觉得应该归咎于薛大人的偏心。

薛淳笑了。

他从不否认自己的偏心，也不推卸自己的责任，但如果让他再选一次，他还是会选知念。

一个人的心里只有输赢，他会越来越优秀，但一个人的心里若是始终装着别人，他最终会收获爱意和尊敬。

知念心里有别人。

南初心里只有输赢，这是两人最本质的区别。

这一点，确实和蓝玉烟相似，她心里装着一大堆人。

不光有人，还有家国，还有天下，输赢是什么，安危是什么，这都是她压根不会去在意的事。

可南初心里就没有别人吗？

如果她心里只有自己，为什么她会想方设法地要把蓝玉烟赶出去？因为她知道所有的阴谋险境，所以竭尽全力地想救她。

如果她心里只有自己，听见鬼脸人逃跑，她不会第一个冲出去拦住他，那样无畏的冲劲儿，不像是自私之人拥有的。

如果她心里只有自己，为何对妹妹们如此严加管教，生怕她们学艺不精被淘汰？被淘汰的人会被赶出去，生死会不可知。

南初心里明明有别人，只是偏心的薛淳看不见吧。

薛淳并未觉察到蓝玉烟的不满，他还在往自己的杯里倒酒，这一晚他兴致极高，话密，似乎不吐不快。

“实际上，我把‘京城小蓬莱’这个称号给知念，也不仅仅是因为私情，也是因为政治需要。”

区区一个头衔而已，怎么还扯上了政治因素?

“合欢啊，你忘了皇上此前说过，过几天，扶桑国有位泉花泷王爵要来朝觐见？我不妨坦白告诉你，这小子此行目的不纯，觐见只是幌子，他带来了大批的黄金和舰队，那些都不是给朝廷的，那是他带来的聘礼，他要见的人是知念，他想娶她。可是，他还不知道知念已经死了……”

第八章 周郎顾

缘分竟是一个可以拆开来的词，缘和分，就像冥冥之中始终无法相聚的两个人，不是山海相隔，就是生死相隔，不是有缘无分，就是有情无缘，总之总有遗憾，至少今生都无法圆满。

十一

花泷家族在扶桑国赫赫有名，他们手握黄金和战船这两大资源，能够在连年的战乱和政治纠纷中屹立不倒。

近几年花泷家族更是有崛起的势头，影响力逐渐从东海海域扩展到全世界，朝廷一直有意和花泷家族交好，所以每次他们来朝觐见都能受到热情的款待。

青岑家的祖上曾和花泷家有过往来，到了他这一代基本互不相识了，他没见过泉花泷本人，只听说是花泷家族的长孙，一出生就备受关注和宠爱，他爷爷宠他宠得厉害，立志将他培养成为自己的接班人，能屹立在东海之上呼风唤雨的新一代霸主。

泉花泷究竟有没有本事撑起他爷爷的霸主梦，这事谁都不清楚，但他放着遍地的扶桑国王女不挑，非得漂洋过海，一门心思只认准了花栖巷里无名无分的卑微歌女，这个举动多少有点儿纨绔之气，所以大家都觉得这小子恐怕难成气候。

薛淳倒是对泉花泷颇为欣赏，起码他眼光不错。

他们初相识的那一晚，知念确实光芒万丈，那万丈光芒不仅仅来自她本身，还来自她头上那个耀眼的头衔——“京城小蓬莱”。

那时候蓬莱公主早就声名远播，成为四海列国公子王孙心目中最理想的婚配对象，能配得起“京城小蓬莱”这个称号的女子，自然也不会逊色。

在这种光芒照耀之下，其实并不需要多复杂的结识，一支舞、一首曲就已足够。

后来泉花泷甚至觉得，他漂洋过海，远赴重洋，为的就是这一支舞、一首曲，这就是人们常说的“缘分”，他从前执迷不悟，却在见到知念的刹那彻悟了。

三天后，他给知念送来一幅肖像画，并承诺等她十八岁，就来接她回自己的故乡，让她成为真正的藩国王妃。

这期间，泉花泷一直听从爷爷的安排，在世界各地洽谈生意，每次路过京城，不管行程多紧张，他都会抽空来云韶府看一眼知念。

只可惜，知念自从见过他一面后就病倒了，两人再没好好地相见过。每次泉花泷都只能通过薛淳传递自己的思念，他凭借对她的记忆，坚持每年为她画一幅肖像画，等她生辰当日托人捎来。

但他终究没能再见她一面，印象中关于她的一切都日渐模糊，越来越模糊的俏丽容颜，越来越模糊的舞姿和歌声，唯一不曾褪色的就是她头上那顶光芒万丈，名叫“京城小蓬莱”的桂冠。

她和那个大名鼎鼎的蓬莱公主多少有几分相似——后来每当泉花泷想不起知念的模样时，就靠着这一点微弱的联系来强化知念在他心中的形象。

但知念已经死了，不管她生前有多大的本事能让这个扶桑贵公子对她念念不忘，那样的光芒和魅力都不再作数了。

泉花泷早晚都得知道她已经香消玉殒的噩耗，他对她的迷恋终究得到此为止，他会再一次彻悟，缘分竟是一个可以拆开来的词，缘和分，就像冥冥之中始终无法相聚的两个人，不是山海相隔，就是生死相隔，不是有缘无分，就是有情无缘，总之总有遗憾，至少今生都无法圆满。

蓝玉烟也很为泉花泷和知念的故事感到惋惜，但人死不能复生，她对此也无能为力。

可薛淳却说未必。

他说他有能力让这个美好的故事延续下去，他要扮演一回神明，改写这个让人悲伤的结局。

几天后，薛淳带上青岑和蓝玉烟，来到了城北的一座宅子。

为什么带的是蓝玉烟而不是南初，薛淳没有做出任何解释，他说：“合欢，我相信以你的聪明伶俐，所有的谜团都会被你找出答案。”

蓝玉烟找到的第一个答案，就是薛淳的那句“未必”。

这句“未必”的意思是，人死未必不能复生。

薛淳打算让知念“活”过来。

二

在城北小院，蓝玉烟见到了一个满脸缠着纱布的女子，她的身形看上去和死去的知念一模一样。

薛淳说："不出意外，一年后知念就会'死而复生'。"

知念会借由这个女孩的躯体重生，在她的体内复苏，那时她正满十八岁，泉花泷可以兑现他的承诺，带着十八岁的知念回到他的故乡扶桑，他们两个的故事便可以生生世世地流传下去，完美圆满。

蓝玉烟和青岑万分震惊，薛淳的样子看上去不像是疯了，他平静地陈述着让知念"死而复生"的大计，他的脸上没有任何诡异或癫狂的表情，可他的每一句话都透着诡异和癫狂，他疯得比叶扶苏还要厉害！

就在两人怔忪无措的时候，那个被纱布包裹住面颊的女子忽然哭了。

她哭着对蓝玉烟说："合欢姐姐，你不要怪薛大人，这一切都是我自愿的！"

蓝玉烟惊得倒退两步，几乎不敢相信自己的耳朵，面前这个满脸缠纱的姑娘竟是苓儿！

苓儿一哭，薛淳也哭了。

他掩住面孔号啕大哭："苓儿，我对不起你！更对不起你的知念姐姐！"

这一老一少对坐恸哭，蓝玉烟这时才意识到，知念死后，云韶府里还没有人为她哭过灵，那场仓促潦草的丧事让人们晕头转向，所有的悲伤、恐惧纠缠在一起，人们稀里糊涂地把知念埋葬了。

现在薛淳和苓儿都逮到了理直气壮恸哭一场的机会，也许知念只是一个由头，他们只是顺带着哭一哭她，更多的是在哭他们自己，他们一定有许多难言之隐，若不是被逼到了绝路，什么人会想出这么荒唐的办法呢？

哭了很久，两人渐渐平静了，薛淳才说："你们都还年轻，不知道这里面的利害关系，这不怪你们。你们看到的都是泉花泷和知念的情投意合，只有我知道它就是一场丑恶的交易，只不过它打着承诺的幌子，骗过了知念，骗过了你们所有人。”

泉花泷对知念或许是真心的，但他爷爷、他的家族对知念绝对目的不纯。花泷家族看中的不是知念，而是“京城小蓬莱”这个头衔，确切地说，是这个头衔带来的巨大影响力。

不只云韶府里的人认可这个头衔，花栖巷里来往的各国商贾也都认可，真正的蓬莱公主可望而不可即，她是活在传说和世人仰慕中的尊贵公主，但“京城小蓬莱”不一样，她是个活生生的女子，有血有肉地活在人间，但她同时又享有公主般的绝美容颜和才华。

所以，这个头衔就不再是单纯的头衔，它变成了一种象征、一个标志。

它代表了一种声望和地位，影响力甚至大过了普通的皇族千金，她们有的只是显赫的家世背景而已，但“京城小蓬莱”能唤起民众的敬意，这敬意起源于蓬莱公主本尊，发扬于这个山寨的民间公主。

人们不介意她是冒牌货，反而觉得她亲切真实，伸手就可以触摸得到。各国商贾对此更不介意，他们都是有头脑的人，深知若是能顺利得到这个民间公主，对他们的生意和声望是有百利而无一害的。

在泉花泷之前，就有不少人对知念摩拳擦掌了，但只有他入了知念的眼，拨动了她的心弦。泉花泷的真心是否值得推敲，只有他自己最清楚。

但花泷家族才不管这些儿女私情，他们看中的是这里面的利益，值钱的是那个头衔，至于这个头衔在哪个姑娘身上，并不是花泷家族最看中的。

知念刚下葬的时候，薛淳就意识到了这个问题的严重性，如果泉花泷知道知念死了，他自己悲恸欲绝倒在其次，花泷家族是否能接受到嘴的鸭子就这样飞了，那可就难说了。

尤其是泉花泷的爷爷，一辈子呼风唤雨惯了，泉花泷最开始放出话，要在知念十八岁的时候把她带到爷爷跟前时，老爷子非常高兴，到处吹嘘孙子交到了一位名气响当当的红颜知己。这样的喜讯在势力庞大的贵族里绝不是一件小事，所以薛淳无法判断，知念的死讯会带来哪些影响，朝廷和花泷家族的关系是否会因为此事恶化？

保险起见，薛淳才出此下策，不惜用苓儿来冒充知念。反正他们想要的只是“京城小蓬莱”，她骨子里是谁，她的灵魂是美还是丑，大多数人都不会在意。

蓝玉烟质问薛淳：“如果泉花泷在意呢？”

薛淳苦笑道：“他们相识三年，只见了一面，能有多在意呢？恐怕他连她的长相都记不真切了，我比你更懂得男人，也许打动泉花泷的只是一种感觉。”

蓝玉烟听了，半晌没说话。

三

让苓儿冒充知念的确很难让人接受，但是在没有想到更有效的办法前，蓝玉烟也只能任由他们荒唐下去。

况且知念已经死了，苓儿还好好地活着，如果一定要讨还公道，这公道也应该先给苓儿才对。

自从上次她冒险提醒蓝玉烟，二人就再没见过面。

那一晚，苓儿是被薛淳派来的人接走了，薛淳为了掩人耳目，私下吩咐南初瞒住府里的所有人，对外只宣称她告假探亲去了，其实是被带到了这里，开始秘密地进行易容术。苓儿和知念本身就有几分相似，加上多年来和她形影不离，气质、谈吐都高度吻合。

薛淳请了全国数一数二的名医为苓儿易容，只需要一年的时间，苓儿就能改头换面，变成另一个知念。到时她刚好满十八岁，神不知鬼不觉地移花接木，代替知念实现她生前的夙愿。

苓儿对此毫无怨言，反倒是蓝玉烟比较难接受。

苓儿不像南初，至少她有一颗强大的内心，可苓儿不过是个普通的姑娘，有着普通姑娘的软弱，且不说这巨大的精神压力，光是这满面的伤口，就很难让人忍受吧?

蓝玉烟问她："疼吗?"

苓儿握住她的手哭道："疼这一下是值得的，不然花泷家族借着这个由头和咱们打起来，到时候得连累多少无辜百姓?我一个人就能救下整座云韶府，甚至整座京城，疼一点儿又有什么?"

这话不像是苓儿说的，她说不出这么有觉悟的话来，看来薛淳没少给她做思想工作，而且做得比较成功。

薛淳道："如果易容成功，让苓儿代替知念去往扶桑是没太大问题的。眼下倒是有个问题比较棘手。泉花泷这次来，很想见一见知念，往年知念都是称病不见，今年不知为何，他的态度十分强烈。可是，眼下苓儿这般模样，是绝不能和他相见的。我正在想办法分散他的注意力。”

薛淳说这话的时候一直看着蓝玉烟，她一下子就明白了。

分散泉花泷注意的最好办法，就是派去一个崭新的，可以和知念的魅力相抗衡的姑娘，这个人不会是南初，因为几年前的酒宴之上，她就没能吸引他的注意力，现在也不会。

薛淳在蓝玉烟身上看到了这种可能性。

她和知念有几分相像，尤其是她穿着知念的旧衣裳的时候，可她又不完全相像，尤其那双明亮的大眼睛骨碌碌乱转的时候，这个叫合欢的姑娘有些像南初和知念的结合体，她既有舍己救人的胆识，又有骨子里的傲然气质。

云韶府里的姑娘来来往往，一批一批地长大又离开，但像合欢这样与众不同的姑娘，屈指可数。

薛淳甚至想过，也许泉花泷对合欢一见倾心，那么这个巨大的麻烦就被顺手解决了。男人嘛，见异思迁也是其本性之一。

唯一的问题就在于合欢肯不肯，她可不像苓儿那么容易摆布，薛淳觉得她可能比南初还要难摆平。

“所以您当初特地吩咐南初将我留下，并不是因为我和知念相像，而是认为我有更大的用处。”

薛淳答非所问：“当初苓儿被劫持，是合欢姑娘舍身救了她，你既然有这个气魄和胸襟，要你出马为云韶府，甚至为朝廷消灾挡难，我想这对合欢姑娘并不是太难的事。”

救人于水火，为人消灾解难对她而言确实不难，岂止不难，这简直就是她的兴趣爱好，但她只是好奇，薛淳为何如此笃定，如此看好她？

她不禁开始反省，是不是之前她在皇上面前表现得过头，引起了薛淳的怀疑？

薛淳道：“合欢姑娘，你是个聪明人，都这个时候了，你实在没必要在我面前继续撒谎了，我已经猜到你的身份了。”

这话立刻引起了青岑的警觉，他不动声色地防备着，以免薛淳伤害到蓝玉烟。

薛淳道："我知道你绝非寻常人家的女孩子，你爹娘也不可能是普通人，他们不是高官就是皇商！"

见蓝玉烟没有太大反应，薛淳又道："若是当朝高官，你父母病故我应该有所耳闻，所以这个可能被排除了。那么，你应该是皇商之女，只是全国叫得上名号的皇商有百余名，叫不上号的得有数百名，我还没来得及一一核实，你只说我猜得对不对？"

未等蓝玉烟回答，薛淳又道："我猜得对不对不重要，你既然不是寻常百姓，家里又享受过皇恩，到了这个节骨眼儿，总不至于袖手旁观，见死不救吧？不过是一场酒宴而已，只要能让泉花泷把知念抛在脑后，咱们就赢了！"

青岑一直没有说话，他从见了苓儿开始，心里便一直不大舒服。

知念去世时，薛淳流露真情，他信了；解救出地牢少女时他的痛苦忏悔，他也信了。正因为都信了，此刻就越发意难平。这样一个把姑娘们时刻放在心上的人，利用起她们来倒是毫不含糊。

如果换成是他，他绝不可能牺牲苓儿来保全云韶府，他宁可用自己的性命去抵，也不愿意让一个孤苦的姑娘承受这样的痛苦。

眼下薛淳又开始煽动蓝玉烟，这番言论听起来实在刺耳，青岑忍不住反驳道："薛大人会不会有些言重了？不过是个扶桑国的王爵而已，能有多大能耐？咱们不至于非得看他的眼色行事！"

薛淳听了这话没觉得怎样，蓝玉烟倒是听出了端倪，青岑介意她出席宴会，要吸引一个男子的注意力，少不得要献歌献舞，甚至得献几分殷勤，他不高兴。

她也觉得没有这个必要，那个泉花泷有几分能耐且不论，就算真到了性命攸关的时刻，也不必非得靠"美人计"这种伎俩，这实在是下下策。

可还没等她开口拒绝，苓儿哭着求蓝玉烟："求合欢姐姐帮薛大人一把，他是一心为云韶府好，再说，那个扶桑王爵确实实力雄厚，真要是把他惹恼了引起两国交战，遭殃的就是百姓呀……”

苓儿一哭，她就心软了。

这姑娘为了云韶府，甘愿把自己的一生都搭进去，而她不过是在酒宴上露个脸而已，这点儿牺牲有何不可？

蓝玉烟偷偷看了青岑一眼，他也犹豫了。

苓儿这么可怜，要拒绝她实在太难了。

蓝玉烟和青岑短暂地交换了一下眼神，她知道青岑默许了。

她想了想，道：“薛大人，泉花泷几时抵达京城？需要我做什么，您尽管吩咐！”

迎接泉花泷的过程并不复杂，他算是云韶府的熟客，喜好习惯都已经被下人熟悉了，况且他不需要多大的排场，只要和寻常酒宴一样，有歌有酒，有人弹琴起舞就行。

薛淳安排蓝玉烟和南初合作一支曲子，南初弹琴，蓝玉烟独舞。

自从地牢里的少女被解救，康、汤二人被火刑处死以后，南初似乎发生了一些改变。

这种改变是隐秘的，若不是把她当成了犯罪嫌疑人，整日明里暗里地观察她，蓝玉烟可能也发现不了。她觉得南初变得比往常沉静了，气焰消减了，好像藏了一桩心事，开始分心了，也不再风风火火，凡事都要争个头破血流了。

迎接泉花泷就是最好的例子。

得知蓝玉烟要独舞，南初没有表现出任何不满或抗议，非常淡然，好像她原本就是个不争不抢、淡泊名利的人。

她甚至偶尔会表现出一丝和蔼，劝蓝玉烟不要太累，适当歇歇，蓝玉烟对此既疑惑又心虚。

她试着套南初的话，道：“可惜我太笨，弹不了琴，不然这舞由你来跳最合适，我不爱出这个风头。”

要是按照南初最初的性子，她一定会反驳：“你还不爱出风头？你出的风头还少吗？”

可现在她只是淡淡地回应："不爱出风头就不要强出头，万一被那个扶桑王爵相中了，小心抓你去做王妃！"

这又让蓝玉烟觉得很惊讶，人人都以做藩国王妃为荣，但南初似乎很厌弃。

南初的变化不只表现在性情上，对薛淳的态度也发生了改变。薛淳要她务必将那支曲子弹好，好好配合合欢，力求酒宴当晚惊艳全场。可南初表现得很消极，甚至请了病假不出席，逼得薛淳只得另找姑娘上场。

问题是南初根本没病，她似乎压根儿就不想参加酒宴，那里曾经是她的战场，现在却让她意兴阑珊。

薛淳一门心思准备迎接泉花泷，没空理会她，蓝玉烟也忙着练舞，腾不出工夫向她套取线索。

青岑倒是闲了下来。

有一晚蓝玉烟深夜练舞回房，恰巧又撞见他和南初并肩坐在紫藤花架的石桌旁，还是头抵着头共看一本琴谱，桌上照旧放着一架古琴。

第一次或许是巧合，她还能说服自己可能青岑也像她一样，在用这种方式向她套取线索。但是第二次，蓝玉烟心里多少有点儿不是滋味了。

查案套线索的方式有很多种，完全没必要每次都凑在一块研究琴谱啊！若心思都用在琴谱上，哪儿还能套得来有用的情报？

蓝玉烟又踩在了枯木上，弄出了很大的声响，这一次她是故意的。

青岑和南初竟然毫无觉察，一心扑在琴谱上。

蓝玉烟故意咳嗽一声引起两人的注意，青岑闻声抬头看了她一眼，没理她，继续和南初探讨琴谱了。

事后他也没有专程来跟她解释，蓝玉烟追问的时候，他只觉得她大惊小怪。他觉得她练舞到深夜，理应回去好好休息，完全没有再寒暄客套的必要，就没理她。

蓝玉烟接受不了这套说辞，她为此耿耿于怀。

四

什么样的琴谱有这么大的魅力，能让青岑对她视而不见？抑或有魅力的根本就不是琴谱，而是旁边坐着的南初？

很多事经不起琢磨，一琢磨就会多出许多烦恼来。

一直到泉花泷抵达京城的那晚，她仍旧没有消气，小小的醋意还在她心里乱窜，搅得她心烦意乱。

那支舞确实是为了迎接泉花泷而精心准备的，但蓝玉烟并没想跳得那么卖力，她卖力纯粹是因为心里有气，无处发泄，可在外人眼里，她像是投入了十二分的真情实感在跳那支舞。

据说这是知念生前最爱的一支舞，也是她和泉花泷相识当夜跳的那支舞，舞步她早已经烂熟于心了，跳起来没有任何压力，甚至还能腾出一点儿精力偷偷观察这位大名鼎鼎的泉花泷。

他确实如传闻中描述的那样年轻英俊，器宇不凡，为了入乡随俗，他还特地穿了一身雍容华贵的汉服，看上去就是个地道的汉族贵公子，只是，他看上去有点儿闷闷不乐。

酒宴开始之前，薛淳和他寒暄客套时已经明确和他表示，今夜知念无法出席，她已经被送往承德避暑疗养，大夫也嘱咐过不许她会客，怕她牵动神思，不利于病愈。

薛淳的话并未引起泉花泷的怀疑，他原本风尘仆仆，一脸兴奋，听了这话立刻变得无比失落，坐下来就开始喝闷酒，一杯接一杯，有时他也抬头看一眼正在奋力起舞的蓝玉烟，那一眼也看得心不在焉。

他的低落情绪全被薛淳看在眼里，他急得什么似的，要是这小子放不下知念，情急了再跑去承德，那可就麻烦了。

薛淳的急迫也被蓝玉烟看在眼里，她也不能坐视不理，便想了个法子：既然这舞曾是知念当日所跳，她就来考考这位藩国公子的记忆力，便故意将舞步跳错了，舞步一错，曲子也跟着乱了。

弹琴的人不是南初，代替她上场的姑娘经验不足，根本没有能力应对这种突如其来的危机，一张脸急得涨红。

舞步错了，只有经常跳舞的人能看出来，寻常人发现不了，但曲子错了，只要是常听这支曲的人，一下就能觉察到。

泉花泷手持酒杯顿了顿，抬起头看了一眼蓝玉烟，他竟然真的发现了。

余下的舞步她没再跳错一步，无惊无险地跳完了，曲子结束的时候，薛淳带头起立鼓掌，其实他全程都很紧张，压根儿看不出好坏，不过是在卖力捧她的场罢了。

但泉花泷的反应很淡然，那张英俊的脸上看不到一丝波澜，眼中也没有微光闪过，那证明，他并没有对眼前这个卖力起舞的姑娘心动。

泉花泷心心念念的仍是知念，蓝玉烟舞毕入了座，他上来就说："合欢姑娘果然姿色超群，在我认识的舞者当中，你的才艺绝对出类拔萃。只是，和当年的知念比起来，感觉还是不大一样。"

泉花泷不仅懂汉语，而且水平不低，明明是"我觉得你没有知念跳得好"，说出来的却是"感觉不大一样"。

蓝玉烟莫名对他产生了好感，这人很懂礼貌，讲话不伤人，而且定力也够，若是他随随便便就能被哪个姑娘打动，那也未免太轻浮了，现在看来，知念对他的苦苦思念是值得的，至少他的心里自始至终都装着她。

蓝玉烟斟满一杯酒，道："敬周郎。"

泉花泷费解道："谁是周郎？"

"就是你呀！"蓝玉烟道，"公子有所不知，我们这里有位名将，是东汉末年的大军事家，长得英俊潇洒，又精通音律，有时他听人演奏，即使多喝了几杯酒，有些醉意了，但演奏稍微有一点儿错误，也一定瞒不过他的耳朵，这就叫'曲有误，周郎顾'，方才我跳错了舞步，害得抚琴的妹妹也弹错了，虽然只有一处错音，但还是被你发现了，公子难道不是周郎吗？"

泉花泷有些羞赧道："我当是谁？原来是大名鼎鼎的周瑜周公瑾，合欢姑娘过奖了，我哪里比得上那样的人物？”

一直在旁担惊受怕的薛淳放下心来，他没看错合欢，这丫头果然有两把刷子！

一直在旁默默忍受的青岑却一秒钟也待不下去了，虽然做足了心理准备，但是亲眼看着小烟同人调笑，他还是觉得无法忍受，胸口发闷，幸亏小烟是在替人消灾解难，要不然，这一席的酒桌恐怕都得被他掀了。

他胡乱找了个借口，同薛淳知会一声便离席了。

蓝玉烟眼睁睁看着青岑离席，顿时火冒三丈：你和人家花前月下都不知道反省，我忍辱负重应付扶桑王爵，倒让你看不过眼了？

她要被气死了，连干了三杯酒。

泉花泷看呆了，云韶府的姑娘们当着贵客的面饮酒都是有严格规定的，决不允许超量，所以他从没见过如此海量的姑娘，而且她伶牙俐齿，很会聊天。他不由得对她产生了兴趣，方才的低落情绪一扫而空，加上薛淳不断在一旁制造氛围，两人便开始一杯接一杯地畅饮起来。

蓝啸卿自幼教导蓝玉烟，一个女儿家，不到万不得已，绝不可以贪杯，酒不仅误事，严重的还可以夺人性命。

和泉花泷对饮的那一晚，证实了蓝啸卿的教导无比正确，蓝玉烟差点儿小命不保。

五

酒过三巡，泉花泷的兴致不减，蓝玉烟却有些招架不住了。

她原本就是不胜酒力的人，喝酒不过是为了泄愤，现在已然有些醉了，况且这时泉花泷已经把知念抛在了脑后，她觉得自己今夜的任务算是完成了，起身便要走。

这一起身，蓝玉烟才发觉自己醉得比想象中严重，已经站不稳了。

蓝玉烟想叫人扶她一把，可是周围的妹妹们都沉浸在歌舞声乐之中，没人注意到她的醉态，就算注意到了，当着扶桑王爵的面，也没人敢造次。

蓝玉烟求助薛淳："大人，我醉了，劳烦您派个人扶我回房。"

很奇怪，薛淳没有直接回她的话，而是转头和泉花泷低语了几句，片刻，过来几个彪形大汉扶起蓝玉烟，将她带出门外。

蓝玉烟很快觉察到了不对劲，这几个人不像是云韶府的下人，手上的力道太猛，且极不友善，他们也并没有将她带回房中，而是径直带出了云韶府，带进了一辆马车。

她知道坏事了，想喊，但是浑身无力，发不出半点儿声音。

这一下让她猛然清醒了。

酒有问题！

那不是普通的酒，一定被人下了药，不然她为何连发出声音的力气都丧失了？

可是会是谁动的手脚呢？

是南初！

她整晚都不在酒宴之上，只有她有机会在酒里下药！

好在她的头脑还是清醒的，听力也正常。

又过了片刻，车上上来一个人，一听见他的声音，蓝玉烟只觉得脑子里轰然一声响：是薛淳，竟然是他！

薛淳对赶车人低声道：“跟着前面那辆马车去花泷少爷下榻的住处，绕路走，别太张扬！”

蓝玉烟的脑子转得飞快：是薛淳在她酒里下的药，他整晚都坐在她旁边，下手易如反掌，但他为什么要这么做？是因为泉花泷？他们去的正是他的住处，他就在前面那辆马车里，可为何大费周折把她绑了去？

一个念头在她心中闪过，她被吓得浑身冰冷。

知念死了，苓儿易容成她的样子，做她的代替品，但薛淳觉得这样还不够保险，所以将她贡献了出去。

一个知念的代替品，再加上她这个还算比较特别的“皇商之女”，用这双重保险去讨好花泷家族，牺牲她们两个来换取云韶府，甚至整个朝廷的安宁，薛淳的如意算盘打得真是响亮。

知人知面不知心，蓝玉烟当他是个好人，还为他争取到了戴罪立功的机会，可这家伙的手段竟然如此下作！

算了，骂他也是徒劳，眼下还是先想想怎么让自己逃出去吧！青岑会觉察到她不在府里吗？云韶府那么大，他或许只惦记着和南初月下抚琴呢！

马车在闹市里飞快地驶过，渐渐地，车外的人语声淡下去了，马车似乎驶进了一条幽深的巷子，七拐八拐，直晃得人反胃。

就在蓝玉烟感觉自己快要吐出来的时候，马车停住了。

蓝玉烟赶紧闭上眼，假装自己已经昏厥，任由一个大汉将她套进了麻袋，扛在肩上，一路进了院门，又走了长长的一段路，她被用力丢在了床上。

蓝玉烟被摔得浑身生疼，还没来得及舒展四肢，忽然听见房门被一脚踹开，泉花泷气急败坏的声音先闯了进来：“薛淳，你不要再和我玩什么花样！这批货已经过了交货的日期，你三番五次推脱，不肯交货！你知不知道，我已经收了波斯和暹罗那边的订金，若是有什么差池，我就得赔上一条战船！”

蓝玉烟屏住呼吸，大气都不敢喘，从麻袋的缝隙中依稀能看见泉花泷的影子，薛淳随后跟了进来，声音里透着谄媚：“花泷少爷，劳烦你回去和你爷爷通融通融，这批货确实出了点儿岔子，再给我一点儿时间，我一定给你一个交代！”

泉花泷怒道：“通融？你和他做了这么多年的生意，几时见他通融过？别说是你，就连我这个长房长孙，他又几时给过我特权？我花了三年的时间还没有把那个‘京城小蓬莱’娶到手，他对我有多不满你知道吗？”

他一脚踹翻了桌边的凳子，又骂道：“你把那个女孩像宝贝一样藏了三年，我每次去你的云韶府还得陪着你装模作样地演戏，这我都忍了！现在货出了问题，你叫我怎么跟我爷爷交代？”

又是一个衣冠禽兽！

蓝玉烟忍不住暗骂，这帮畜生的演技真是一个比一个精湛，不去天桥唱大戏真是可惜了！

他们口中频频提到的“货物”究竟是什么？蓝玉烟觉得心跳越来越快，心中不祥的预感也越来越强烈。

薛淳像下了很大决心似的，小心翼翼道：“我看我也瞒不住了，索性和你直说了吧！那批货被皇上发现了，现在都被关押在清风观，那里把守的官兵不多，倒是容易下手，只是要冒很大的风险，如果你们再多给我半年的时间，我绝对有办法把这批货凑齐，不过四十七条人命而已，对我来说……”

话未说完，泉花泷突然暴怒，抄起凳子就开砸，薛淳沉默地挨着他的暴揍，一声都没吭。

泉花泷一边暴打一边狂吼：“你知不知道那些女人的命有多值钱？每人五十两，是黄金！你知不知道她们为什么这么值钱？就因为那些买家相信这是你们汉人太后用过的药引子，相信她们能被炼成长生不老的仙丹，他们要买回去继续炼药！半年？你延误了交货日期，拿什么让那些买家相信你没在这批货上动手脚？你拿什么让他们相信半年后的那批货是原装的药引子？”

泉花泷骂得气喘吁吁，仍不肯停下来：“十年前，你像条狗一样求着我爷爷带着你一块做这桩生意！当时你是怎么答应他的？你是不是说货源都在你手上，你可以源源不断地供货给世界各地的买家？你还说这件事绝对万无一失，永远都不可能被朝廷发现……”

蓝玉烟仿佛置身冰窖，浑身的血液都凝固了。

薛淳这个畜生，他干的原来是贩卖人口的勾当，那些被用作药引子的女孩子，竟然被他转手又倒卖了出去！

满腔的怒火烧得蓝玉烟的五脏六腑都跟着沸腾了，她在心里一遍一遍无声地怒吼：别叫我活着走出这里，否则我必定将你们这些畜生千刀万剐！

第九章 花事了

『月影轻斜波光潋，合欢花下轻抚弦……彩带轻缠伴鹤舞，与君相见待何年……』那是在云韶府里飘荡了十年的幽幽子夜歌，它曾是少女们泣诉宿命的哀歌，如今成了她们反抗命运的胜利号角，这是凌知念和小花蕊耗尽十年光阴，牺牲了青春，奉献出性命换来的胜利，这号角如此悲壮又嘹亮，像一轮圆月，把人心底的黑暗都照亮了。

泉花泷打累了，这才想起床上还躺着个大活人。

“你把她带过来做什么？”

“这是小小心意，孝敬大人您的！”

薛淳鼻青脸肿地从地上爬起来，声音里仍然透着谄媚，他似乎已经对这样的场面司空见惯了。

泉花泷打量着他，冷笑道：“孝敬我？你怕是早就算计好了交不出这批货，想随便找来个野丫头打发我吧？”

薛淳道：“小人不敢，只是这丫头确实难得，容貌才华样样拔尖儿，称得上极品！”

泉花泷端着茶杯打量着被麻袋套住的蓝玉烟，像在审视一只待宰的牲畜。

“看身形确实还不错，听说她还会说扶桑语，把她带回去孝敬我爷爷吧！薛淳，你还别说，我爷爷凡事挑剔，唯有对你赞不绝口，看来这十年来你没白操劳，他确实被你服侍高兴了。”

薛淳正要拱手道谢，泉花泷又悠悠道：“可是他也叮嘱过我，叫我绝对不要轻信你。我们扶桑国有一种野狼，极阴险狡诈，能屈能伸，能忍辱负重，危急时刻为了活下去，甚至能残忍地吃掉同类，你跟那野狼比起来，简直有过之而无不及。不过我倒也很佩服你的为人，你为了谋朝篡位，坐稳皇位，确实很能吃苦，不管别人怎么欺压凌辱，只要能赚到钱，你都能忍，这一点确实厉害！对了，话说你的‘叛国基金’攒了多少了？我听说你把钱都藏在了书房的密室，那屋子现在应该已经被黄金填满了吧？”

薛淳的脸忽然变得阴险狠毒，默不作声地盯着泉花泷，那匹吃同类的野狼此刻已经附在了他的身上。

蓝玉烟终于看明白了，面前这个无比狰狞的人，才是薛淳最真实的面目。

他对姑娘们的慈爱呵护，对死去的知念流露出的不舍，被皇上斥责时的惭愧自省，甚至被泉花泷暴打时的忍辱负重，统统是假象，是他诡计中的一种。他使尽阴招，天良丧尽，皆是因为心中那股无边无沿的贪念。

可怜的云韶府的姑娘们，她们终是没能逃脱沦为牺牲品的命运，有人想长生不老，有人贪求权力，这些丧失人性的野兽瞪着猩红的双眼，发疯般在她们身上盘剥，直至吸光她们身上的最后一滴血。

泉花泷见薛淳忽然变了脸，笑道："你紧张什么？本王又不稀罕你的钱！倒还希望你篡位成功呢，你要是当了皇上，那对我们花泷家来说可是天大的好事，到那个时候，恐怕四海列国早晚都将是咱们的天下！"

泉花泷一边狂笑一边伸手来掀麻袋，赫然见到蓝玉烟瞪大眼睛怒视着他，吓得惊退了两步："怎么回事？她还醒着？"

薛淳在他身后道："放心，我在她酒里下了足够剂量的药，药效没有三天散不下去！没事儿，她动不了，也不能说话。"

泉花泷道："你在众目睽睽之下将她绑了来，就不怕人觉察？云韶府里不是来了新官员吗？听说还是皇上钦点的。"

薛淳冷笑一声："不过是两个年轻后生，没什么城府，好骗得很，再说她不过是个无名无分的野丫头，被人问起就说自己跑了、丢了，谁又能追究？她们本就命贱，能被花泷大人带回扶桑，是她们几辈子修来的福分！"

泉花泷大笑道："薛大人这一身炉火纯青的演技最让人佩服，哄人效果简直不要太好！晚辈自从向你学习，也获利不少呢……咦，这丫头似乎有话要说？薛大人，你那里可有解药？我想听听她要说什么。"

薛淳没给，道："这丫头伶牙俐齿，我怕她喊叫惹来麻烦。"

泉花泷道："你也太谨小慎微了，外面都是我的人，她就是喊破了喉咙又能怎么样？给我解药！"

薛淳无奈，只得把解药递给泉花泷，但只给了半颗，又将她身上的绳子捆紧了，防止她逃走。

蓝玉烟吃下解药，能发出声音了，但仍动弹不得。

蓝玉烟开口第一句便是："花泷大人，别听薛淳胡诌！知念已经死了！"

二

泉花泷一愣，看了看薛淳，一脸狐疑。

蓝玉烟怕他不信，又道："薛淳在云韶府里随便找了个姑娘，将她易容成知念的样子，让她代替知念跟你回扶桑，你千万别上他的当！"

薛淳听了这话，抬手就给蓝玉烟一个耳光："臭丫头，敬酒不吃吃罚酒！把这事抖搂出来，有你什么好果子吃？"

他打了一巴掌还没消气，又要打，被泉花泷一把拦住道："薛大人，你怎么这么不怜香惜玉？这可不像你的作风！"

蓝玉烟难以置信地看着泉花泷："知念死了，你一点儿都不伤心？"

泉花泷大笑："知念是谁？我连她长什么样子都记不大清了，她死了我怎么会伤心？'京城小蓬莱'死了我才会伤心，因为我要带走的是她。可是既然薛大人已经替我想好了解决办法，那我就再没什么好伤心的了。"

蓝玉烟气得青筋暴突，知念真是被骗得太苦了，她苦苦思念了那么久的蓝颜知己，竟是这样没人性的混账东西！

薛淳也松了一口气道："早知道花泷大人这么看得开，当初我也就不用那么紧张兮兮了。"

泉花泷道："女人遍地都是，不值什么钱，值钱的是那个头衔！我们花泷家族这几年在中原的生意越做越大，已经引起了朝廷的怀疑，我爷爷不想太引人注意，才想把那个'京城小蓬莱'弄到扶桑去，用她来掩人耳目，不要说朝廷会对我们放松警惕，就是和各国商贾谈起生意，面子上也好看！"

原来这个头衔对他们来说如此重要，电光石火间，蓝玉烟想到了一个办法，她决定公开自己的身份。

她道："花泷大人，一个民间公主的头衔已经能为你的家族带来这么多好处，我倒想问问，要是换成真正的蓬莱公主，又该如何呢？"

泉花泷听了这话微微变色："关于那位公主的传闻我倒是听了不少，确实是位厉害女子，只可惜，觊觎她的人太多，我懒得凑这个热闹。”

蓝玉烟冷笑道：“懒得凑热闹？我看你是压根儿排不上号吧？光是京城的公子王孙就已经足够碾压你这个人渣了吧！”

泉花泷和薛淳面面相觑，不怒反笑。

泉花泷道：“这小丫头倒是有几分胆色，竟然敢这么和我说话。”

薛淳道：“花泷大人若不称心，我随时可以宰了她。”

泉花泷摆手道：“那怎么行？像她这样的女子太少见，我得和她好好周旋周旋。”

他转向蓝玉烟，饶有兴趣道：“户部郑大人的儿子，你听过吗？坊间疯传他是最符合蓬莱公主婚配标准的贵公子。当初他和我用一万两黄金打赌，说是能把蓬莱公主请来陪我们吃饭，可是人没请来，肋骨倒是被打折了两根。你们京城里的公子王孙虽多，可大都是些酒囊饭袋！”

蓝玉烟想起来了，郑家大公子的肋骨就是被青岑打折的，下次再碰见那家伙，她要亲自动手。

蓝玉烟道：“这话不假，和花泷大人比起来，郑家大公子着实太逊色了！可大人既然如此出众，难道就没想过亲自和这帮酒囊饭袋竞争一下吗？”

泉花泷脸上划过一丝尴尬，只一刹那，却被蓝玉烟精准地捕捉到了。

这刹那间划过的尴尬告诉她，泉花泷尝试过，但是失败了，而且败得比较彻底，因为他连蓝玉烟的面都未曾见过，他在扶桑国或许能呼风唤雨，但在天朝，他连见一位公主的资格都不够，他的黄金和战舰在这里完全派不上用场，所以他才会退而求其次，选择一位民间公主，这也是他唯一的选择。

泉花泷渐渐不耐烦，露出了真面目：“我觉得你好玩儿，才花时间和你在这里八卦一些不相干的人，可是既然咱们越聊越无味，那本王就没必要再和你纠缠下去了，来人……”

“等等！”蓝玉烟猛然道，“你们两个把狗眼给我睁大点，看清楚，姑奶奶我就是货真价实的蓬莱公主！”

泉花泷和薛淳对视一眼，忽然捧腹大笑。

泉花泷笑出了眼泪："薛淳，你哪儿找来的疯丫头？不去天桥唱大戏真是可惜了！"

蓝玉烟静静地看着两人，等他们笑完，她开始一条一条阐述能够证明身份的证据。

比如她的家世背景，何年何月被册封蓬莱公主，如何和皇后婉缨成为贴心好友，以及她亲爱的小侄儿，也就是被整座皇城宠爱至极的那位小皇子，他的年岁、容貌，甚至日常喜好，爱吃什么、不爱吃什么，她都说得清清楚楚、明明白白。

花泉泷和薛淳渐渐变了脸色。

如果她说出来的是蓬莱公主当年的英勇事迹，没人会信她的话，那些故事早就被茶楼的说书先生讲烂了，是个人都会编排差不多的谎话。可她偏偏没有讲那些，她说的都是细节，没去过皇宫的人压根编不出来的细节。

薛淳进过皇宫，他可以证明她的话句句属实。

但是他们还是无法接受这件事：那可是大名鼎鼎的蓬莱公主啊！她的声名早已远播四海，怎么就跑到云韶府，成了要被卖去扶桑的野丫头了呢?

三

蓝玉烟亲眼看见泉花泷和薛淳脸上出现了惊恐的神色，这反应让她颇为满意。

她已亮出底牌，薛淳和泉花泷一时半会儿不会拿她怎么样。

但她毕竟被绑着，仍处于下风，此时天色已经发亮，青岑很快会发现她一晚上没回去，会顺着线索找来，她现在要做的只是尽力拖延时间，等着青岑或阿松来将她解救。

薛淳是个老狐狸，“蓬莱公主”的身份只会让他暂时不杀她，但他的最终目标可是皇位，有胆子觊觎皇位的人，什么事都干得出来。

薛淳很快镇定下来，他已经相信了蓝玉烟的话，他在想接下来该如何处置她才能将利益最大化。

“你不会以为我就这么把你放了吧？放了你，我也是死路一条。”薛淳道。

“可你要是敢动我一根汗毛，照样死路一条。皇上知道我在这里，我要是出了什么闪失，他就是掘地三尺也会把我找出来。”蓝玉烟也不甘示弱。

薛淳上上下下、仔仔细细地打量着蓝玉烟：“看来咱们得重新认识一下了！传闻中的蓬莱公主，也不过如此嘛，我还当你有三头六臂，七十二变的神通呢！你说，老天爷把这么难得的一块肥肉送到我嘴边，我该从哪儿下口呢？”

他转向泉花泷道：“喏，这是你们花泷家梦寐以求的真公主，你估量一下，这个女人能值多少钱？用她换一百艘战船，值当吗？有了这一百艘战船，再加上我那满屋子的黄金，我的登基大业岂不是指日可待了？”

他的脸上出现一种奇怪的表情，笑得很诡异，笑得人毛骨悚然。

他又道：“不对！我手里握着蓬莱公主的生杀大权，还如此大费周章做什么？直接逼皇上交出玉玺，让他退位，岂不干脆痛快？”

他仰天狂笑，笑得近乎癫狂，失去了心智。

泉花泷骂道："薛淳，你疯了！她可是蓬莱公主，把她买回去我供起来吗？她又不是知念，天生下贱……"

话音未落，忽然一个黑影破窗而入，众人还没等看明白是怎么回事，一把寒光毕现的短刀已经架在了泉花泷的脖子上。

那个黑衣人嘴角有一道月牙形的刀疤，看上去在笑，但又比笑可怖。

是消失多日的鬼脸人，他竟追到这里来了！

鬼脸人凑近泉花泷道："你刚刚说谁下贱？"

不等泉花泷答话，鬼脸人一刀割破了他的喉咙，鲜血瞬间喷涌而出，泉花泷瞪大眼睛，缓缓从鬼脸人怀中滑落。

泉花泷死了，鬼脸人没有给他一丝一毫辩驳的机会，也许他等这一天已经很久了。

他原本是想陪着知念一块死的，幸亏老天有眼让他活了下来，慢慢从失去知念的痛苦中苏醒过来，他想明白了一件事，他不能就这么白白死掉，他还没找出杀害知念的凶手。

泉花泷虽然不是凶手，但他负了知念，把她骗得那么惨，死有余辜。

杀了他，就只剩下薛淳了，这个人面兽心的东西，知念到死都当他是好人！

此时薛淳也清醒过来了，泉花泷赫然倒在血泊中，鬼脸人在一步步逼近他，他就是下一个目标。

可薛淳是谁？他是蛰伏在云韶府长达十年之久，骗过了恩师康大人、李太后，骗过了云韶府里一众无知少女，骗过了蓬莱公主，甚至骗过了皇上的大奸大恶之人，他怎么能容许自己就这样死掉，死在一个街头小混混的手里？

这些黄毛丫头、毛头小子根本不是他的对手，他要活着逃出去。

薛淳平静地看着鬼脸人道："我不是你要找的人，杀害知念的凶手另有其人。"

鬼脸人不管，步步逼近他："老子凭什么信你？"

薛淳道："你可以不信我，但我要提醒你一句，知念是南初杀的，她把知念喝的药每日逐量减少，要不然你以为为什么这几年知念的病总也不见好？南初想让知念活活病死！"

这招果然灵验，鬼脸人犹疑了："怎么会是南初？就是她把泉花泷的住处告诉我的！"

薛淳冷笑道："这还不明显吗？她想借刀杀人，利用你灭我们的口！你若不信，把我带到南初面前，我不怕和她当面对质。还有这个姑娘，她是蓬莱公主，她也知情！"

蓝玉烟骂道："用不着你在这里假惺惺！谁是真凶，我们早晚会查出来！"

她又转向鬼脸人道："你不用理会这狗贼说的话，但也不必急着杀他。我们回云韶府，咱们慢慢审他，不怕查不出真相！"

鬼脸人看上去很困惑，这困惑把他逼得很烦躁，他在房里来回踱着步，拿不定主意，忽然，他像想通了似的，几步走到蓝玉烟面前，下定决心道："好，我就再信你一回！"

蓝玉烟刚要雀跃，冷不防后颈挨了重重一掌，眼前一黑，什么都不知道了。

四

也不知过了多久，蓝玉烟在后背炸裂般的疼痛中醒来，她发现自己已经回到了云韶府，确切地说，是云韶府的地牢，这座诡异的琉璃宫殿让她记忆尤深。

她仍旧被五花大绑着，嘴里塞着破布，只能发出呜咽之声。

薛淳倒在一旁，还没醒过来，他也被五花大绑堵住嘴巴，看上去比她还要狼狈。

琉璃地牢里还有两个人：南初和鬼脸人。

鬼脸人抱臂歪倒在角落，怀里抱着短剑，他看上去一点儿也不着急，因为他知道杀害知念的凶手就在这间屋子里，而他绝不可能让对方活着出去。

现在他需要做的只是冷眼旁观，看薛淳和南初如何撕开对方的面具和阴谋，像疯狗一样互相撕咬，咬得越凶，马脚就会越快露出来。

他没有把南初一同绑起来，是因为他觉得没有这个必要，南初没有流露出任何想要逃的意思，她像是早就在等这一天，身上有一种释然，就是那种等了很久很久，等得差一点儿失去希望的时候，突然又等到了的释然，兴奋和狂喜已经过了，留下的只有平静。

鬼脸人懂得这种感觉，这和他杀泉花泷时的感觉一模一样，一句废话也没有，手起刀落，心愿就此了结。

况且南初自己也说了，就算她真的走运能逃出去，她又能逃到哪里去？她在这世上无依无靠，过去十年一直待在云韶府，她说自己有预感，也会死在这里。

这些话都是很久以前南初对鬼脸人说的。

自从鬼脸人从云韶府逃了出去，南初就一直派人在找他，她花钱雇佣帮手在城里搜寻鬼脸人的下落，虽然她足不出户，但她花钱买下的那些眼线能让她看见云韶府以外的风吹草动。

她很快找到了鬼脸人，并和他谈了一笔生意：她帮鬼脸人杀了泉花泷，作为酬谢，她要鬼脸人把薛淳活着带到她面前。

起初鬼脸人不肯，因为他不信任南初，他不信任云韶府除知念以外的任何人。直到南初开始让步，假如鬼脸人帮她做完这些事，她就把杀害知念的真凶告诉他，她用死去的父母的名誉保证，到时她对他说的每一句话都是真的。

计划进行得很顺利，唯一出乎所有人预料的就是蓝玉烟，没人想到她竟然就是货真价实的蓬莱公主，她简直就像神明降临，把一切都改写了。

此刻南初就站在蓝玉烟面前，面带微笑地跟她说了一句“幸会，公主殿下”，接着，她蹲下身来解她嘴里的破布、身上的绳子，边解边说：“鬼脸人不知礼数，明知你是蓬莱公主还将你五花大绑，公主殿下受委屈了。”

她说这话的时候，神色平静坦然，在她脸上看不出阴谋诡计的痕迹。

蓝玉烟活动了一下近乎僵硬的嘴巴，含混道：“你可以叫我小烟，我的真名叫蓝玉烟。”

南初的手忽然停住了，她没有顺着蓝玉烟的话往下说，仍旧叫她“公主殿下”。

“民女想拜托您一件事，”南初说，“今夜对我来说非常重要，我有很多心里话想说，这些话已经在我心里藏了十年，我想恳请公主殿下，无论您想说什么，要做什么决定，都请让我把话说完。”

蓝玉烟怔怔道：“当然，没有问题。”

南初帮蓝玉烟松了绑，薛淳也醒了，他挣扎着坐起身来，歪倒在墙角，嘴里发出猛烈又含混的呜咽。

蓝玉烟上前一步扯掉他嘴里的破布，薛淳冲着鬼脸人大喊道：“你还在等什么？杀害知念的凶手就是她，快动手啊！”

蓝玉烟和鬼脸人几乎同一时间将他围住暴打。

蓝玉烟边打边骂：“知念的死因先放一边，你这浑蛋究竟倒卖了多少无辜少女，你有没有胆子承认？”

鬼脸人也下手极狠，此前薛淳和泉花泷的对话他听得一清二楚，就在刚刚歇息的间隙，他也明白过来，无论薛淳是不是杀害知念的凶手，这厮都罪该万死。

蓝玉烟的拳头被恨意和怒火控制着，一下，又一下，拳拳到肉，她打得气喘吁吁、精疲力竭也不肯停手。

直到南初上来拦住她道："公主殿下，别把他打死了，得把他这条狗命先留着，马上就到子时了，过了子时再让他死也不迟。"

五

子时之前，南初等的另外两个人也到了。

她等的是青岑和阿松。

青岑一早发现蓝玉烟不见了，找了她一整天，他顺着线索赶到泉花泷的住处时，鬼脸人已经先他一步把蓝玉烟和薛淳带到了地牢。

青岑找不着蓝玉烟的踪迹，整个人都不淡定了，他把府衙里的官兵都调遣出来，挨家挨户地搜，正当他快要把整座京城都翻个底朝天的时候，他收到了南初派人送给他的口信，称蓝玉烟就被薛淳藏在他书房的密室里。

密室的开关就在青岑此前见过的那枚金鹤镇纸身上，当时薛淳还骗他说是泉花泷送的礼物，不得不摆在那里。

青岑打开密室，并没有看见蓝玉烟，看见的却是满室的黄金。

那是薛淳十年来依靠贩卖人口赚来的谋反本金，是他罪恶滔天的终极物证。

青岑当即断定这黄金来路不明，一个礼部左侍郎，怎么可能坐拥如此巨大的一笔财富？可为什么给他捎口信的人会是南初？小烟此刻又如何了？

正焦灼着，府里的一个姑娘告诉青岑："南初要大人放心，合欢姐姐此刻并无危险，但她要青岑大人在子夜之前将这些黄金运走，待所有黄金运送完毕，她自然会把合欢姐姐的下落告诉你。"

青岑知道一定是有事发生了，所以一刻不敢怠慢，终于赶在午夜之前将所有黄金顺利转移走了，等他接到消息赶到地牢，看见蓝玉烟正生龙活虎地暴打薛淳，一颗心这才安定下来。

现在，南初要等的人都到齐了。

人人都在等她给一个交代，听她亲口说出杀害知念的真凶，她却故意吊着众人的胃口，对真相只字不提。

南初说："过了子时就是八月初三，今天是我一位故友的生辰。"

她说完这话，便将一早准备好的合欢汤拿出来，用白瓷大碗盛着，一碗接一碗地倒在琉璃地面上。她洒得很细致，地牢里每个角落都洒到了，合欢汤的味道很奇怪，竟然很辛辣，像酒，但是没人注意到这个细节。

南初环视众人道："最近云韶府里着实热闹，十年了，这里从没如此热闹过，什么离奇古怪，甚至丧尽天良的故事都被挖出来了，趁着这个兴头，我再给诸位讲一个故事吧。你们一定很奇怪，为什么我好端端把大家叫来，给一位不知姓甚名谁的故友庆贺生辰，但我接下来要讲的就是和她有关的故事。我保证，这故事是所有故事中最精彩的一个。"

这位故友一生和花有缘。

她在茶馆里做过打杂的小伙计，跟着煮茶的老师傅学用桂花、菊花、玫瑰酿出颜色口味各不相同的茶汤。

那时候她不过四五岁，走起路来还有些跌跌撞撞，酿酒的老师傅把她从饿殍遍野的逃荒路上捡了回来，用一碗清汤寡水的米粥救活了她，把她洗干净后发现是个白净伶俐的女娃娃，那个靠着鲜花过活的老师傅给她取了个名字，叫小花蕊。

此后小花蕊便像个小尾巴跟在老师傅身后，很快就把煮茶用的百花认得清楚明白。

那时候小花蕊最大的愿望就是可以快点儿长大，长大了，老师傅就会把煮茶的手艺传给她，她学会了这个本事，就再也不担心茶馆的掌柜把她撵走了。

可是还没等小花蕊学会煮茶，老师傅就死了，掌柜的想把她卖掉，可是没人肯买，那么瘦小的一个丫头，也不知道买来干吗。

小花蕊从茶馆里被赶出来从而流落街头，她什么苦都吃过，什么罪都受过，实在饿得不行就去偷，偷不来就上手硬抢，最多不过挨顿打，可是能填饱肚子，饿不死，到最后，这样一个无依无靠的孩子，竟然在乱世中顽强地活了下来。

再大一点儿的时候，她已经学会了看人眼色，拥有同龄人没有的心机，凭借着聪明伶俐，在胭脂铺谋到了一个差事，帮那家铺子招揽生意。

她个子虽小，可是鬼点子比谁都多，别人招揽生意，一般跟在官家太太屁股后头，点头哈腰地求着人家买，可是小花蕊不，她“扑通”一声跪倒，抱住官家太太的大腿就不松手。

官家太太里有吃斋念佛的，一可怜她，生意就成了。也有胆小怕脏的，不想让她纠缠，赶紧买几盒胭脂打发她走，但更多的时候，小花蕊得到的是拳打脚踢和辱骂。在那些高高在上的夫人小姐眼中，她就是个命贱的小乞丐，只要打不死，多打几下也无妨。

那个时候小花蕊才知道，原来鲜花不仅能煮茶，还能做成胭脂，香喷喷，甜丝丝，抹在脸上，能让任何一个平庸的女子焕发神采。

但这个时候的小花蕊已经不再梦想学做胭脂了，学会了也没用，还是得看人脸色吃饭。

这一回她的梦做得比较大，她想，如果有来生，她要做一回富家小姐，她要买下胭脂铺里所有好看的胭脂，把鲜花插满房间，如果那个时候她手里还有余钱，她要把钱分发给沿街的小乞丐，有时候一枚铜板就能救活一条命，她比任何富家小姐都清楚这件事。

至于为什么是来生？因为此生注定没戏了。贫穷、疾病、游荡在街角的那些不怀好意的人，他们可以随时随地置她于死地。小花蕊觉得自己最好的宿命，是不用饿着肚子死去。

小花蕊做梦都没想到，老天爷真的给了她一次重生的机会。那些她都不敢当真的痴心妄想，竟然统统实现了。

那天她没有揽到生意，胭脂铺的老板没有给他发饭钱，连一块馊了的馒头也没给她，她虚弱地走在街上，两眼直冒星星。就在她饿得快要昏厥的时候，身后突然尘土飞扬，一群骑着高大白马的官兵老爷沿街大声呵斥着。

通常遇到这种情况她都会极力逃跑，但那天她实在太饿了，逃得很慢，而且她越逃，高大白马就追得她越紧。那个官兵大老爷像只老鹰一样捉住了雏鸡般瑟瑟发抖的她，带着她穿越了大半座城市，在一条香气扑鼻的繁华街道的尽头，白马止步，她被带进了一座富丽堂皇的大屋。

那一天正好是八月初三，后来小花蕊就把这一天当作自己的生辰，此前她根本不知道自己是何年何月出生的，但是从那一天开始，小花蕊重获了新生。

也就是在那一天，她遇见了同样被掳到这里的一位贵族小姐。

她是一位真真正正的贵族小姐，爹爹在朝廷里做大官，据说她在福建老家的祖屋无比气派，每天清晨一起床，就有十几个婢女全天伺候她，她们比小花蕊吃得好，穿得好，懂得也多，所以这位贵族小姐即使住在深宅大院，知道得也并不比小花蕊少，她知道人世的险恶，甚至比小花蕊更懂得生存之道。

如果不是贵族小姐的家人犯了罪，小花蕊一辈子都没有机会和这样的贵族小姐关到一间屋子里。

她身上还穿着没来得及换下来的绸缎衣裳，头上还戴着闪闪发光的首饰，她的脸看上去毫无血色，但是散发着幽幽的香气，那是名贵胭脂散发出来的香气。

这位贵族小姐如此鲜活，莫名其妙地唤起了小花蕊的崇敬。

几天后的一个深夜，贵族小姐被饿醒，但是她没哭，她在漆黑的深夜里瞪着一双明亮的眼睛看着小花蕊，看了很久很久，突然说："你知道吗？云雀有很多别称，在我的老家，上了年纪的婢女都叫它阿兰雀，阿兰是一个女贼的名字，因为偷食物被主人活活打死，但是主人并不知道她这么做是为了救活她的家人，但是天帝知道，天帝就把她变成了一只鸟，让她天天都能看见她的家人。"

小花蕊并不知道这个故事是贵族小姐顺口胡编的，但她起码弄懂了一件事：贵族小姐想拜托她出去弄点儿吃的。

这事对小花蕊来说易如反掌，那夜之后，小花蕊成了贵族小姐的"阿兰雀"，贵族小姐制订好偷窃计划，从当天夜里走廊里飘荡的香气判断出当晚的菜式，算好时机，在众人纷纷熟睡，完全放松警惕之际，把小花蕊这只"阿兰雀"放出去。两人配合得天衣无缝，从没失手过。

过了一段时间，贵族小姐决定报答小花蕊，她身上值钱的家当早已被云韶府的人洗劫一空，剩下的都是些不值钱的，但这些不值钱的首饰对小花蕊这样的街头小乞丐来说，仍是贵重之物，再不值钱也能让她活个把月。

可小花蕊不要，她说这些首饰到最后肯定会被这里的官老爷搜出来，她混迹街头时曾见过许多手脚不干净的人被大户人家扫地出门，他们通常都会被打得很惨。

贵族小姐说："我可以教你把它们藏起来，绝对不会有人发现。"

小花蕊盯着贵族小姐的脸说："那我也不要，你就是给我再多的首饰我也是个乞丐，还是变不成千金小姐，虽然我非常非常想当一回千金小姐，哪怕只有一天。"

贵族小姐盯着小花蕊看了很久很久，最后她说："如果我能成全你，你愿不愿意和我交换？我可以让你当一回贵族小姐，当够十年，十年后你我正好已满十八岁，如果那个时候我们还活着，你可以选择继续当你的贵族小姐。"

"可是，交换什么？"小花蕊实在想不出，她身上有什么东西是可以和人家交换的。

"身份。"

于是，贵族小姐和小花蕊交换了身份，以及彼此的装束，贵族小姐成了街头乞丐小花蕊，小花蕊成了她梦寐以求的贵族小姐。

当云韶府的官老爷打开走廊里最后一间破屋时，看到的是两个与众不同的小姑娘，偷来的食物把她们的脸蛋滋养得红润又精神。

身穿绸缎华服的小姑娘姓凌，名叫凌知念。她爹是前朝廷命官，犯了事被流放极寒之地，路上被人杀害。

衣衫褴褛的小姑娘名叫南初，无父无母，来路不明，名字还是到了云韶府现取的。

把她们从那间破屋里救出来的官老爷叫薛淳，在此后长达十年的时间里，这两个小姑娘一直陪伴在他左右，朝夕相伴。

薛淳看着这两个小姑娘一点点长大，他自认为对她们很了解。

但那只是他以为。

他完全不知道，在没遇见他之前，知念和南初早已完成了一场秘密的身份交换，她们彼此承诺死守这个秘密，绝不让第三个人知道。

她们用了十年的时间去体验了一次对方的人生，还剩一年，这个承诺就期满了，可是知念没能等到再为自己做出一次抉择，她像夏季的最后一朵花，开尽了，凋零了。

故事到这里就讲完了。

南初笑着环视所有人："怎么样？我没有骗你们吧，这个故事精不精彩，意不意外？"

她走到薛淳身旁，用白瓷大碗盛满了汤泼在他身上："真是不好意思，大人，一不小心连你的风头都盖过了，我替小花蕊给你道个歉，今天可是她的生辰，你就陪九泉之下的她喝上一杯吧！"

六

死去的知念就是当年的小花蕊。

活着的南初就是当年的贵族小姐。

蓝玉烟听明白了，青岑和阿松也听明白了。

他们连大气都不敢喘一下，这个故事实在太震撼了，究竟是什么样的力量让两个年仅七岁的小姑娘做出如此震撼人心的决定，谱写出这样一个漫长又悲壮的故事?

可是蓝玉烟不敢开口说一个字，她答应过南初，要等她把所有话都说完。她也明白为什么南初如此叮嘱她了，因为这个战场是属于她、小花蕊和薛淳的。

薛淳竭力保持着镇定，其实他心里无比惊慌，对他而言，南初讲的故事让他毛骨悚然，这是个彻头彻尾的“鬼”故事!

他试图拼尽全力施展演技来掩饰他的惊恐：“我不明白，南初，你为何要讲这么个故事？知念已经死了，谁是她，她又是谁，有什么关系？最关键的难道不是查出杀她的凶手吗？你快告诉大家她是怎么死的啊！”

南初看着薛淳苦笑，笑着笑着，她就哭了：

“薛淳，别再演了，你演了快大半生了，不累吗？你靠着你这炉火纯青的演技骗过了薛夫人，骗过了康大人，骗过了云韶府里所有的姑娘，你还骗了我爹……你到底什么时候才能心甘情愿地把这身狼皮撕下来？”

南初咆哮着跪倒在薛淳身旁，阿松想去扶她，被蓝玉烟一把拽住了。

南初哭道：“当年你一进官场就四处结交人脉，暗中拉拢人心，那些忠臣义士都不屑与你为伍。只有康、汤二人昏聩无能，成了你的挡箭牌。当初你为了巴结李太后，不惜把病中的女儿献给李太后，后来她发现你女儿并非农历七月所生，一怒之下将你贬到云韶府，你明着帮她炼药，等那些姑娘被利用完，再和扶桑国的花泷家族勾结，倒手将她们卖往世界各地。我爹发现了你的勾当，派人查出了真相，你就伙同康、汤二人和李太后陷害他……”

南初抹了一把泪道：“你想不到吧？我爹会把你的所有恶行告诉一个年仅七岁的孩子。你知道他为什么要告诉我吗？因为他让我无论如何都要活下去，他死了，这世上就没人知道你干的这些勾当了，但他把秘密告诉了我，只要我活着，你的罪行就有败露的一天！”

南初一边说着，一边又将合欢汤一碗一碗地泼在薛淳身上，好像那汤里带着利器，可以替她浇灭心头的怒火。

南初道：“可你不知道，我爹临死前也骗了你，我根本就不是农历七月十五日生的，他故意这样说，是因为他知道农历七月十五日子时出生的姑娘就是太后苦苦寻找的‘天花少女’，你不会杀我，你至少会让我活到十八岁，等太后利用完了再处置我。但你也知道把仇人的女儿养在身边是养虎为患，除非这个孩子对你的罪行一无所知，只有这样她才是安全的。我教小花蕊如何变成一位真正的贵族小姐，任何一个细节都不放过，她很聪明，没用多久就完全学会了，不只如此，她还很投入，投入到连我都怀疑她骨子里是不是原本就流着这样高贵的血液；与此同时，我为了不引起你的怀疑，也在极力模仿小花蕊，我按照她的成长轨迹塑造出了今天的南初，我装得越来越像，差一点儿连自己都骗过了。”

南初的情绪变得激动起来：“可我知道，我们两个越是沉浸在对方的人生中，就越是成功。我没有你那么好的演技，如果我不这样做，我怕自己会控制不住宰了你！但小花蕊不一样，她真的一无所知，她所有的无知和无辜都是最真实的，她在你身边这么多年，你从没有对她产生半点儿戒心！”

薛淳挣扎着站起身，躲到了另一个角落，他身上已经被合欢汤浸得湿透了，他的身体开始微微颤抖，南初的话让他恐惧，他远远地躲着南初，道：“你说你是凌大人的女儿我们就信？总得拿出些证据来！”

南初冷笑道：“问得好，能证明我就是凌知念的人证，刚好也在这里！”她指着阿松道：“就是他，魏如松！”

南初道：“阿松，你还记不记得当年你爹带你来我家，我们一同在花园里玩，我从假山上跌下来摔伤了胳膊，留下了一道疤？”她掀起衣袖，将伤疤一一展示给众人看，“证据确凿，我没理由骗你们！我只想把我知道的所有真相一五一十地告诉大家！”

都到这种时候了，薛淳仍拼死抵赖，还不忘挑拨离间：“我做过什么事，蓬莱公主已经知道了，该给我定什么罪，她心里自然有数，你只说你是如何害死知念的！”

蓝玉烟听他这么一说，简直气不打一处来，可是有言在先，她也不好打岔开口骂他，倒是一向沉稳的青岑忍不住了。

青岑道：“叶扶苏放火烧了康大人和汤大人那两个老贼，我碍于这身官衔，连个好都不能给他叫一声，正愁着无处发泄怒火，又一个活腻歪的送上门来。薛淳，你给老子搞清楚，不管杀害知念的凶手到底是谁，我今天都不可能放过你。我劝你少在这里废话，想想待会儿怎么个死法吧！”

“知念是我杀的！”南初忽然说道，把众人都吓了一跳。

一直蜷缩在墙角没吭声的鬼脸人站起身来，他等了整晚，一直在等这句话。

知念究竟是谁，他一点儿也不关心，从始至终，他在意的只是那个给他酒喝，让他暖身子的姑娘。

薛淳干过什么丧尽天良的勾当，他也不在意，那样的烂人在这世上活不长。

总会有人忍不住抢先一步了结他。

他也不关心南初的命运有多悲惨。

小花蕊难道不惨吗？南初不仅利用了她，最后还让她置身于死地，这笔账没和她算，已经是他高抬贵手了。

但她竟然亲口承认知念是她杀的，虽然他不愿意相信这是真的，但如果这就是事实，他必须要她血债血偿，没得商量。

鬼脸人坐直了身子，手放在腰间的匕首上，他已经准备好了，南初逃不出他的手掌心。

蓝玉烟也不相信这是真的，她甚至觉得南初在故意骗他们。

南初忽然失控，爆发出震天的哭泣，她一边哭，一边将剩余的合欢汤都倒在了自己身上。

她哭得声嘶力竭："是我偷偷减少了小花蕊的药量，是我让她的病一直好不起来的！"

众人都没动，任由她放声哭泣，这里面一定有什么苦衷，大家都在等着她亲口说出来。

南初哭了好久，渐渐平静下来："我等了快十年，一直等不到下手的机会。上有李太后，康、汤二人，虎视眈眈地盯着我们，下有薛淳和扶桑王爵暗中勾结，等着姑娘们一被利用完就转卖往海外。

半年前，我听说云韶府里有新官要上任，就把希望放在了三位大人身上。恰好这个时候，钦天监汤大人又犯了老糊涂，竟向皇上觐见，重提十年前的那桩惨案，我和小花蕊都觉得这是一个揭发他们的绝佳机会，所以试图做点儿什么来引起你们的注意。小花蕊为了引起你们的重视，主动提出扮演'祭品'。"

南初每次提到小花蕊都无法克制情绪，蓝玉烟将这样的悲恸欲绝都看在眼里，她渐渐明白，南初并不是真的想伤害小花蕊，她是迫不得已的，她的内心也怀着巨大的痛苦。

南初哭道："小花蕊患病多年一直不见好，她幼年吃的苦太多了，突然过上衣食无忧的生活，身体反而受不了了，而且那个时候，她和泉花泷一直两地相隔，相思成疾，渐渐地心灰意冷。

"再后来，薛淳把'京城小蓬莱'的头衔给了她，小花蕊为此寝食难安，她觉得自己不配，她什么都没有做，白白玷污了这么高贵的名号，所以她不住地央求我，反正活下去也没有任何奔头了，索性牺牲自己，倒还有一丝希望将云韶府的其他妹妹解救出去。

"我见她一心求死，就想，不如成全她吧，所以，她求我给她减少药量时，我同意了。我每一次给她送的药都减少一点儿，每次减少一点儿……她还趁着我每次给她送药的机会开开心心地和我叙旧，说她希望死后有人能在她的坟冢上种满鲜花，这样她就不会孤单了……”

她竭力克制着自己，因为她马上就要说到最重要的部分了。

“农历七月十五日当天早上，我起得很早，因为这一天要迎接新上任的三位大人，我很紧张，想去找小花蕊聊聊。可是我进了她的房间就发现她已经没有气息了……”南初痛哭道，“我以为她还可以再坚持一阵子，没想到她会这么突然地死掉……”

想起案发当天的种种疯狂举动，南初的眼神变得狂乱，她神经质般碎碎念着：“我疯了，我一定是疯了，小花蕊死了，我连哭都没有哭一声，满脑子想的都是我终于可以报仇了！接着，我避开府里的人去街上雇了两个帮手，我告诉他们何时动手，动手之前要给小花蕊换上鹤羽衣，淋满松油，尸体一定要悬挂在两棵合欢树之间，因为这样看上去更像是一种祭祀……是我害死她的，就是我害死她的……”

在南初的悲戚中，鬼脸人站起身来。

他的眼中泛着泪光，手握着的短刀已经出鞘，闪现出寸寸寒光，泪光和寒光交织着，透出来的正是森森的杀意。

蓝玉烟立刻识破了鬼脸人想干什么，她起身将南初护在怀里，确保她不被伤害。

青岑和阿松也挡在南初面前，神情警惕。

眼见着所有人都在保护自己，南初哭得更撕心裂肺了：他们都是好人，有力量有实力，能够保护弱小、除恶扬善的大好人，可是这些好人迟了这么久才出现，他们早一点出现，小花蕊就不用死了。

青岑告诉鬼脸人不要轻举妄动，这案子还有很多说不通的地方。

第一，当时来给知念验明尸首的仵作后来被灭口，他进云韶府当晚，似乎是受了谁的指使，不肯把真相说出来，只验了一半说什么也不肯再验下去了。

第二，阿松曾在仵作的死亡现场捡到了一支银针，正是当时检验知念尸首的那支，银针头发黑，证明尸首有毒，也就是说知念是中毒而亡，如果南初仅仅是减少药量，知念最多病入膏肓，不治而亡，但这样一来，她的尸首里不可能平白出现毒素，一定有人在南初之前就下了毒手。

“我没有指使仵作，我只雇了两个搬尸的帮手，他们两个还都被鬼脸人杀了。”南初亲口承认道。

既然不是南初指使，那么云韶府里能把仵作吓得连真话都不敢说的人还会有谁呢？

众人齐齐望向薛淳。

薛淳不甘心，仍在负隅顽抗：“口说无凭，凭什么说是我毒害的知念？我那么疼她，有什么理由杀她？”

“你当然有理由杀她！”蓝玉烟厉声道，“知念患病多年，身体早就不行了，你明知道她活不长久，所以开始另做打算，苓儿就是你的备用人选！你想让知念一死了之，再造出一个健康鲜活的知念，好把她卖给花泷家族！你早就有这个念头了，只是没想到和南初的计划撞到了一起，所以你就栽赃嫁祸，让我们以为知念是南初杀的！”

青岑也道：“我在你书房的密室里发现了许多不知名的药物，到时候依次和银针上的毒药检验对应，很快就能判断出来！”

薛淳面如死灰，他知道大势已去，插翅也难逃了。可是谁会第一个动手呢？鬼脸人还是青岑？也有可能是蓬莱公主，她的怒火一直在升腾，如果眼神能杀死人，她已经把他活剐了千遍万遍了。

没想到，最后一刻竟然是南初在为他求情。

南初已经把此生的眼泪都哭干了，此刻只剩下一具轻飘飘的躯壳。

南初说：“薛淳确实罪该万死，但诸位先不要急着动手，我还有一句话要说。这句话，我想悄悄地说给公主殿下听。”

蓝玉烟一愣，马上凑上去洗耳恭听，谁知南初反手将她掳住，从怀中抽出一把锋利的小刀，抵在了她的脖子上。

这一下来得猝不及防，大家一时都没有反应过来。

南初环视着众人，凶狠道："都别轻举妄动，我手里的刀子可没长眼，一不留神就能要了她的命！"

蓝玉烟心里竟然出奇地平静，直觉告诉她，南初不会伤害她。小花蕊的死已经让她深陷痛苦无法自拔了，她应该没有多余的力气再去伤害其他人了。

蓝玉烟道："南初，你是不是有什么难言之隐，还是需要我帮你做什么？你尽管说！"

南初道："好，那我就不跟你客气了！我要你去帮我杀了太后！天子犯法，与庶民同罪，该死的都死了，不能让她逍遥法外。"

蓝玉烟冷静道："你说得有道理，我会慎重考虑你的意见，但我不敢保证一定能杀了她。也许太后也是被奸臣蛊惑，这里面的细节还得等调查之后才能做定论。

我可以跟你保证的是：

第一，太后绝对不会再出来为祸人间。

第二，她绝对会为此受到此生最严厉的惩戒。

第三，不算是保证，算是一种希望，一个目标，我希望人间再无第二个云韶府，希望你和小花蕊，还有那些被剜痣取血的姑娘所受的苦，到此为止。"

南初握刀的手在微微颤动，蓝玉烟用眼神示意大家不要轻举妄动，不要伤害到她。

南初颤声道："好，公主殿下，我相信你会信守承诺。现在，你叫他们都离开地牢！"

众人面面相觑，不知她是何用意。

青岑最先动身，小烟在她手上，他不敢不听命。

鬼脸人却不管那些："你们的恩怨与我无关，我只要薛淳的命！把他给我我就出去！"

南初看着鬼脸人，忽然说起了另一件事："城北的老房子里住着一个叫苓儿的姑娘，她是小花蕊生前最疼爱的小妹妹。薛淳打算把她易容成另一个知念，她现在正饱受易容之苦，你现在去找她还来得及，泉花泷死了，花泷家族一定会派人找来，你赶紧带着苓儿远走高飞，千万不要被他们找到！”

蓝玉烟心中忽然冒出不祥的预感，南初考虑得如此周全，她想干什么？

南初见鬼脸人不动，将刀子又朝蓝玉烟的脖颈逼近了一寸，吼道：“还不快出去！”

吓得青岑和阿松立刻连拖带拽地将鬼脸人带了出去。

南初挟持着蓝玉烟，一点点地靠近地牢的门口，一边走一边轻声说了一句：“其实我很喜欢你。”

蓝玉烟疑心自己听错了，南初重申了一遍：“我说，其实我很喜欢你！其实云韶府里的妹妹们个个招人喜欢，但你尤其特别，我从见你第一眼就疑心你不是位寻常姑娘。只可惜我余下的时间不多了，不然我真的很想和你做朋友。还有，劳烦你转告青岑大人，我留了一本琴谱给他，就是他一直心心念念想要学会的那首《云雾潋》，上面所有艰难晦涩的琴音我都标注好了，假以时日，相信他很快就能流畅自如地弹奏它了。他说，那首曲子是为了一个人而学的，是对他无比重要的可以拿命去换的人。合欢，有朝一日你见了她，记得替我道声祝福。”

墙壁上的明角灯里烛火在闪烁，热烈燃烧着的松油突然发出噼里啪啦的声响。

南初的身上湿淋淋的，合欢汤在她身上流淌，连蓝玉烟的衣衫也被浸湿了。

蓝玉烟忽然闻到了一股烈酒的气味，刹那间，她明白过来了，南初一直在泼洒的不是合欢汤，而是烈酒。

她要烧死薛淳，和他同归于尽！

千钧一发之际，南初用尽全力将蓝玉烟推出地牢，朝她远远地凄然一笑：“公主殿下，别忘了你答应我的事，云韶府里的姑娘们就拜托你了！”

说罢，她用手里的刀划破了明角灯的灯罩，蓝色的火苗顺着刀尖一路蔓延到她身上。

刹那间，整座地牢变作一片喷涌的火海，所有被合欢汤浸染过的地方都无一幸免。

熊熊火光中，传来薛淳撕心裂肺的惨叫，这惨叫声里竟还掺杂着一段断断续续的残破歌声：

“月影轻斜波光潋，合欢花下轻抚弦……彩带轻缠伴鹤舞，与君相见待何年……”

那是在云韶府里飘荡了十年的幽幽子夜歌。

它曾是少女们泣诉宿命的哀歌，如今成了她们反抗命运的胜利号角。

这是凌知念和小花蕊耗尽十年光阴。

牺牲了青春，奉献出性命换来的胜利。

这号角如此悲壮又嘹亮，像一轮圆月，把人心底的黑暗都照亮了。

尾声

她希望人间不再有少女受苦，希望所有少女都能活在安稳的人间。

这是宏愿，也是使命，需要她用余生去兑现，好在余生还很长，她有足够的时间去克服这一路上的艰难险阻，去结识更多更可爱的姑娘，去感受她们心中美好的信仰。

一

南初的死讯传到了皇上耳朵里，他为此忧心忡忡，接连几日茶饭不思。南初死前的那句“天子犯法，与庶民同罪”像一把利刃插在他心上。

太后罪行深重，虽然无法给她判刑，但也应该重罚。蓝玉烟和青岑深知皇上为难，不好和太后当面对质，便自告奋勇替皇上来清理家事。

太后对云韶府里的剧变还一无所知，还有闲情逸致为蓝玉烟张罗婚事，极力撮合她和户部郑大人家的公子，蓝玉烟便以此为由头，在宫中摆了一桌酒席，假意孝敬她。

太后一向不大喜欢蓝玉烟，除了她的身世一直让她耿耿于怀，也觉得她性子太野，不像皇后婉缨那么乖巧好管教，但念在她孝心可嘉，也就欣然前往。

当夜酒宴上，太后发现青岑也在，见他这几年愈加沉稳俊朗，心里着实欢喜，就顺便打听起他的婚事来，还声称皇族的这些公主，他看上了哪一个，尽管开口跟她提，她一定尽力成全他。

青岑从来不愿意在众人面前提及私事，但恰好这一晚他熟悉的长辈都在，皇上和皇后也在，便想趁此机会表明心意，以免留下后患。

青岑道：“感谢太后的美意，只是我早已心有所属，是举世无双的一位女子，余生我只愿陪伴在她左右，除此之外，再无其他奢求。”

他说这话的时候，蓝玉烟并不在场，她正忙着把从云韶府里带来的姑娘们带进御花园的湖心岛，她们要在这岛上为太后献歌献舞。

但这话是说给旁人听的，也是说给自己听的，小烟听不听得到，无所谓。

他甚至希望她不要知道这份心意，这样她便可以自在地活在这人世间，没有任何羁绊，毕竟，她的幸福比他的幸福重要多了。

太后对这位举世无双的女子很有兴趣，正要细问，湖心岛上的歌舞开始了。蓝玉烟也返回宴席之上，若无其事地陪着太后谈笑风生，酒过三巡，她觉得时机差不多了，便将话题引向湖心岛上跳舞的姑娘们，她故意骗太后，称近来云韶府里新来了一位农历七月十五日出生的姑娘，想看看太后会做何反应。

意外就是在这个时候发生的，众人都没料到太后的反应会如此之大，她从席上猛然站起，似乎想要从跳舞的姑娘里找到那个她一直渴望的“天花少女”，但湖心岛离席太远，太后只顾着朝前探望，竟忘了查探脚下，失足跌进了湖中。

太后年事已高，经受不住溺水的折腾，从水里捞上来没几天就身故了。

可怜她一生机关算尽，拼了命地想在世上多活几日，可终归人算不如天算，没能逃过天网恢恢。

二

了却了南初最后的遗愿，蓝玉烟和青岑将她和小花蕊的棺椁都迁回了凌家祖坟，将她们合葬，余生都不会再分离了。

蓝玉烟在她们的坟茔前撒了好多花种，撒得细致均匀，再用山泉辛勤浇灌，明年此时，这里就会开遍繁花，菊花、月季、玫瑰……

什么花都有，除了合欢花。

合欢花留在花栖巷里，花叶沐浴在艳阳之下，在夜晚到来之际悄悄闭合。

那些夜晚是安全无害的，再也没有了阴谋诡计，再也不会唱响悲泣的歌声，它们可以就着温柔的月光安心睡去，从此安息了。

青岑辞了官，再没回过云韶府，叶扶苏已经彻底病愈并接手了那里，他和阿松联手，成了礼部的中流砥柱。

青岑很忙，他要陪着小烟云游四海，完成当初许下的诺言：

她希望人间不再有少女受苦，希望所有少女都能活在安稳的人间。

这是宏愿，也是使命，需要她用余生去兑现，好在余生还很长，她有足够的时间去克服这一路上的艰难险阻，去结识更多更可爱的姑娘，去感受她们心中美好的信仰。

至于蓬莱公主的故事，还是留给茶楼里的说书先生去讲吧，但愿他们讲得足够精彩，让每一个听故事的孩子都能从中得到一点微光、一点力量。

——全文完——

后记

『公主』这个词不应该仅仅是一种称谓，一个头衔，或是一顶凤冠，它更应该是一种精神和象征，代表了一种力量。

开始抒情之前，先跟大家分享一碗假鸡汤。

话说爱因斯坦上小学的时候，不善言谈，也不喜欢和人打交道，老师和同学都觉得他很笨，有一次手工课，同学们陆续上交了自己的手工作品，老师从一堆泥鸭子、布娃娃、火箭模型中发现一个丑巴巴的木头小板凳，很生气地问："世界上还有比这更糟糕的小板凳吗？"爱因斯坦站起来小声地说："有的。"说着他从抽屉里拿出两个更加丑巴巴的小板凳说："这是我第一次和第二次做的，它虽然仍不完美，但是比起前两个已经有很大的进步了。"

网上已经证实这是一碗假得不能再假的鸡汤，爱因斯坦的官方回忆录中找不到任何相关记载，而且爱同学小时候还是位"手工达人"，做实验、申请专利什么的就跟玩儿似的，但我对这一碗不知道是谁熬出来的假鸡汤印象深刻，尤其对那一句"它虽然不完美，但是比起前两个已经有很大的进步了"格外上头，因为这就是《蓬莱公主3》的真实写照。

这是蓬莱公主的第三个故事，我可以自信地说，它比前两个故事发挥得好，好很多。我在写这个故事时最深切的体验就是时间过得飞快，常常写着写着，一抬头，窗外已经天黑了，下着的雨不知什么时候又停了。这种"浑然忘我"的感觉非常美妙，除了在电影院里看一部高分电影能让我体验到类似的感觉，生活中我再找不到可以与之媲美的事情。

如果继续写下去，可能以后的故事会越来越成熟，但当茶编问我，写完这个故事，是继续写下去还是就此完结的时候，我还是选择了后者。

我和茶编合作了很多年，写了很多少女故事，最终的主题都离不开"成长”，因为看故事的你们确实太年轻了，年轻到除了“蓬勃成长”，几乎无事可做。

最开始我的计划也是描写蓝玉烟的成长，但是，这姑娘底子实在太好了！天生丽质、血统优良就不说了，还聪明伶俐、口才极佳、有勇有谋……普通人没有的优势、优点她都具备了，而且她成长速度飞快，刚出场没多久就一路开挂，到这一部的时候，她已经能当普通少女们的榜样和楷模了，这样的她，也非常接近我心目中的理想形象，所以关于她的成长故事，我认为已经可以就此落下帷幕了，我相信“蓝少女”以后的人生都会是坦途，就算运气不好遇到点儿危险，那不是还有青冬陪着嘛！

非常感谢大家这一路的支持与陪伴，如果还有机会，我希望可以写写你们的青春，那些没有主角光环的普通少女的青春，写写她们的寂寞和脆弱，坚强和成长，如何从平凡苦涩的青春里挖掘出光亮和温暖。

最后，和蓝玉烟一样，我也希望人间不再有少女受苦，希望所有少女都能活在安稳的人间。

各位保重，愿我们在下个故事里相逢。

张北斗

写于2020年初冬